家康さまの薬師《くすし》

鷹井 伶

潮文庫

目次

編集協力：小説工房シェルパ
装幀：Malpu Design（宮崎萌美＋高橋奈々）
イラスト：Minoru

主な登場人物

瑠璃　薬師を目指す娘。家康、半蔵と生涯を通じ深く関わる。

徳川家康　松平竹千代（幼名）、元信、元康。

服部半蔵　服部家二代目。家康の側近。

源応尼　家康の祖母。於大の母。駿府にあり、家康の成長を見守っている。

於大　家康の生母。松平広忠と婚姻し家康を産むが離別、久松俊勝に再嫁した。

瀬名　のちの築山御前。今川義元の姪。家康の正室として、信康、亀姫を産む。

松平信康　竹千代（幼名）。家康の嫡男。

徳姫　織田信長の娘。信康の正室として、登久姫、国姫を産む。

今川義元　海道一の弓取りと称される太守。人質の家康と瀬名を娶《めあ》わせた。

今川氏真　義元の嫡男。

織田信長　義元を滅ぼし、家康と盟友関係を結ぶ。

羽柴秀吉　木下藤吉郎、木下秀吉。信長の家臣。異例の出世を遂げる。

徳運軒全宗　のちの施薬院全宗。医術で秀吉に仕える。

武田信玄　甲斐の国守。戦国最強と言われた。
上杉輝虎　のちの謙信。軍神と呼ばれる越後の英雄。

石川数正　家康の家臣。参謀的役割を果たす。
本多忠勝　家康の家臣。のちに徳川四天王の一人として数えられる。
大賀弥四郎　家康の家臣。野心を抱き、築山御前に取り入る。
滅敬　鍼師。弥四郎と築山御前に取り入る。

西郡の方　家康の側室。督姫を産む。
於万の方　お万。家康の側室。次男於義丸（のちの結城秀康）を産む。
於愛の方　家康の側室。長丸（のちの秀忠）を産む。
須和　夫と死別後、息子猪之助を育てているとき、家康に見染められる。
鈴木権右衛門　浜松万斛村の大庄屋。瑠璃の恩人。
永田徳本　瑠璃の生涯の師。

家康さまの薬師

一　鬱々の若君

一

「若君、ご覧くだされ、なんと見事な」

服部半蔵《はっとりはんぞう》の感嘆する声を聞きながら、松平元信《まつだいらもとのぶ》（のちの徳川家康《とくがわいえやす》）はゆっくりと馬の手綱《たづな》を引いた。愛馬は静かに歩みを止めてから、ぶるっと首を振った。

半蔵の指す方角には、冴《さ》え冴《ざ》えと澄み切った青空を背に、真白に輝く雪をかぶった富士が雄大な姿を見せている。その裾野には大きく弧を描いた駿河湾《するがわん》が広がる。

見慣れた景色ではあるが、何度見ても見事だと言いたくなる気持ちはわかる。

「ああ、そうだな」

元信はそう応じてから、ふーっと深く吐息をついた。白い吐息が広がり、一瞬、富士の山に霞《かすみ》がかかったように見えた。

今の自分には眩《まぶ》しすぎる。正視するのが辛くなるような美しさだ。

もしも、あの天にそびえる富士の高嶺《たかね》に登ることができれば、何か違うものが見えてくるのだろうか。あの向こうにはいったい何があるのだろうか――。

弘治《こうじ》三（一五五七）年正月――、十六歳になった元信はため息ばかりついていた。元信は六歳のとき、生国の三河岡崎《みかわおかざき》を離れた。それから既に十年もの間、人質生活を強いられている。最初の二年間は織田《おだ》家、後は今川《いまがわ》家だ。

今川家の当主・義元《よしもと》は「お前のことを質に取ったとは思っていない。いずれお前は松平を継ぐ者。その折が楽しみじゃ」と、口では言う。確かに人質といっても自由がまったくないわけではない。こうして好きなときに外出をすることもできる。

しかし、元信を見る義元の目に優しい光が宿っていたことなど一度もない。八年前に父の広忠《ひろただ》が二十四歳の若さで亡くなったときも、二年前に元服を済ませたときも、三河に戻ることは許されず、岡崎の城は今川家に接収されたままだ。

元服の折、「喜べ、そなたに一字を授ける」と言われて、義元の「元」の一字を与えられた。これはすなわち義元との間に主従関係が結ばれたことを意味した。

せめてもの抵抗に「元信」と名乗ることにした。「信」の字は、対外的には曾祖父の松平信忠《のぶただ》にちなんだものであり、また、今川義元の舅《しゅうと》にあたる武田信虎《たけだのぶとら》の一字でもあるが、心情的には織田信長《のぶなが》の「信」であった。

織田家にいたときに遊んでくれた信長のことを、元信は兄のように慕《した》っていた。

世間からはうつけと呼ばれた信長だが、元信にとっては八歳年上とは思えぬほどに天真爛漫《てんしんらんまん》で自分の心に正直な人だった。常識外れで、怒らせると怖いこともあったが、信長の目はキラキラと輝いていて、全てが本気だった。だから信じられた。だが、義元の目にはそれがない。

去年の春、元信は義元から突然、縁組を告げられた。相手は義元の姪《めい》・瀬名《せな》。元信とは同い年、美人と評判の姫で、幼い頃から、幾度《いくど》となく顔を合わせたことがあった。

「喜べ、似合いの相手じゃ」

と、義元はいつものように目を細めた。元信は、笑みを浮かべて、「ありがたき幸せ」と応じたが、義元に頭を下げながら、心の中で毒づいていた。

いっそ、まるで知らない女の方がましだ――。

瀬名は確かに目鼻立ちの整った娘で、つきたての餅のような肌をし、まっすぐに伸びた髪も黒々と美しく、他人の目を惹《ひ》いた。だが、いつ会ってもツンとすました顔をしていて、元信と目を合わせようともせず、にこりともされたことがない。

縁組の話が出る少し前のことだ。義元の嫡男・氏真《うじざね》と蹴鞠《けまり》をしたことがあった。

「今川の男が蹴鞠の一つもできぬとは恥ずかしいからな」

四歳年上の氏真はそう言って元信を強引に誘った。義元の母・寿桂尼《じゅけいに》は、従一位権大納言《じゅいちいごんだいなごん》中御門宣胤《なかのみかどのぶたね》の娘で、義元も氏真も万事、京の公家《くげ》風を尊んでいた。

「今川の男？　私は違う」

そう言って断れるものなら断りたかった。元信は貴族趣味の蹴鞠よりも鷹狩《たかがり》の方が好きだし得意だ。義元も苦手だが、その息子の氏真はさらに輪をかけて苦手だ。

氏真は歌や書など雅《みやび》なことを好み、何かというと元信を田舎者と、馬鹿にする。氏真の蹴鞠といえば、屋敷の女どもが我先にと見物に来るのも嫌だったし、家来どもが遠慮して勝負にならないのも目に見えていた。案の定、今回の蹴鞠も氏真の一人勝ちで、それが妙にむしゃくしゃして、強引に勝負を仕掛けた元信は、勢い余って尻餅をついてしまった。

居合わせた者たちがどっと笑った中で、瀬名一人が、フンと冷たい視線を寄越した。氏真へ向ける媚《こ》びたような笑みとは対照的で、あのときの顔ははっきりと目に焼き付いている。どうにも好きになれない相手だった。

なぜそんな相手とあと少しで祝言を上げなくてはいけないのか――。

だいたいが夫婦というものが元信にはよくわからない。父の広忠と母の於大《おだい》は仲睦《なかむつ》まじかったというが、元信がまだ三歳になったばかりのときに、父は母を離縁した。

母の実家が今川方から織田方に寝返ったからというのが離縁の理由だった。

「戦国のならい」「致し方ないこと」誰もがそう言ったが、そんなことは幼子《おさなご》には関わりのないことだ。実母の不在という現実は、元信の心の中に大きな柱が一本欠けているような思いをもたらしていた。

何があったとしても父が母を捨てたことに変わりはない。そればかりか、父は惣領《そうりよう》である私すら他国に捨てた。家族の縁、夫婦の縁など儚《はかな》いものだと思わずにはいられない。だから縁組だといわれても、わくわくするような高揚感はなかった。

それなのに、周囲の者はみな口をそろえて、「めでたい」「よろしゅうございました」と言う。「これで松平も盤石《ばんじやく》」という声もあった。相手は絶大な力を持つ今川の姫なのだから、この縁組が続く限り松平は盤石という意味だ。

つまり、父のように離縁することもかなわないということなのだと、元信は悟《さと》った。

それならばせめて、好きな相手を娶《めと》りたかったと願うのは贅沢《ぜいたく》なのだろうか——。

気晴らしにほんの少し遠出をすることができたとしても、それ以上に何かをしようとすれば阻《はば》まれるのは目に見えていた。今川という大きな檻《おり》の中にいるしかない現実をまざまざと思い知らされるだけだ。

これは逃れることのできない罰か——。

むろん初めから、そんな風に諦《あきら》めていたわけではない。

今川に連れてこられた当初、侮蔑《ぶべつ》されると反抗心も湧《わ》いた。だから織田信長を真似《まね》て、傍若無人《ぼうじゃくぶじん》に振舞ってもみた。しかし、所詮子供のすること。無駄な抵抗にすぎず、今川の者たちは蚊《か》に刺されるほども困っていなかった。

それに自分一人が罪に問われるならまだいい。やがて元信は自分が何か反抗する度に、仕えてくれている近習《きんじゅ》たちにしわ寄せが行くことを知った。元信の身代わりとなって折檻《せっかん》や虐《いじ》めを受けた者もいた。だが、どの者も恨《うら》み言一つ言わずに堪《た》えていた。

それを助けることもできない自分への歯がゆさだけが募った。

さらにこの歳になれば、今川に歯向かうことで、岡崎に残っている家臣や領民たちがどのような苦境に陥《おちい》るのか、想像できるようにもなった。

幼い頃からいつも岡崎に戻る自分を夢想していたが、今となってはそんな夢を見る自分を愚《おろ》かにすら感じるほどだ。そしてそれがまた情けなさを駆り立てていた。

いつまでこの檻の中で過ごさなくてはいけないのか――。

主人の鬱屈《うっくつ》が伝わるのか、元信の愛馬もどことなく元気なく、物憂《ものう》げに前足で小さく土を蹴っている。

「もう少し行かれますか」

半蔵が屈託《くったく》のない明るい声で問いかけてきた。半蔵は元信が気を遣われるのが嫌いなのがよくわかっていて、変に心配そうな顔などしない。それが心地いい。

行くと答えれば、きっと、どこまでも供をしてくれるだろう。自分の愛馬に比べて、半蔵が乗っている馬は覇気《はき》に溢《あふ》れている。やはり馬は主に似るらしい。

富士の山に覆いかぶさるような雲が現れてきた。

「明日は雨になりましょうな」

半蔵の呟《つぶや》きに応じるように、湿っぽい風が吹いてきた。進みたいのはやまやまだが、もう帰れという合図かもしれない。これ以上馬を進めても、帰るのが億劫《おっくう》になるだけだと言われている気がした。愛馬の疲労も気になるし、何より腹も減ってきていた。

「帰ろう。気が済んだ」

わざと明るくそう答えてから、元信は馬首を返した。

元信が義元からあてがわれた屋敷のほど近くに、母方の祖母、源応尼《げんおうに》の庵《いおり》があった。落飾する前の源応尼は於富《おとみ》という名で、三河一の美女として謳《うた》われた美貌《びぼう》の持ち主だった。が、それゆえに波乱の人生を送った人でもあった。

彼女は最初、三河国刈谷《かりや》城の主、水野《みずの》忠政《ただまさ》に嫁ぎ、元信の母となる於大や二人の男子を産んだ。だが、隣国岡崎の松平家との戦《いくさ》が勃発《ぼっぱつ》すると、和睦《わぼく》の条件として所望され、当主松平清康《きよやす》（元信の祖父）の後妻となった。つまり、元信の両親（広忠と於大）は、血こそ繋がっていないが、義理の兄妹ということになる。

清康が二十五歳で家臣によって謀殺されると、彼女は再び政略結婚の道具とされ、別の豪族のもとへ嫁いだ。が、どの夫も短命で、次々に夫を変える羽目に陥った。

四人目の夫が亡くなった後、髪を下した彼女は今川へと身を寄せた。幼くして人質となった孫の竹千代《たけちよ》（元信）を案じ、見守りたいという願いからであった。

元信はこの祖母と初めて会ったとき、不思議な思いがしたのをよく覚えている。

子供心にもおばばさまと呼ぶのが憚《はばか》られるほど、それまで身近にいた年寄りとはまったく様子が違っていた。三河一と謳われた容色は衰えたとはいえ、その肌にはシミ一つなく、すべすべと滑らかだし、ふとした瞬間にみせる笑顔は、幾度も夫を変えたとは到底思えぬほどの清らかさで、柔らかな声も目尻に寄った皺《しわ》すらも美しい。

三保《みほ》の松原《まつばら》に舞い降り立った天女とは、こういう人のことか――。

幼心にも、元信はそう真剣に思ったのである。

しかも、源応尼はただ美しいだけでなく、眼差《まなざ》しに力強さがあり、冷静で聡明《そうめい》だった。特に躾《しつけ》の面ではかなり厳しい人で、母に代わってきちんと育てようとしてくれた。

いたずらをしてもさほど叱られはしなかったが、嘘《うそ》をついてごまかそうとすると人品が卑《いや》しくなると言って叱られたものだ。そういうときの祖母は怖い。

久しぶりにあの小言が聞きたい——。

屋敷に戻る前に、祖母の顔を見ていこうと考えた元信は、半蔵と共に庵に向かった。竹林の向こうにある小さな庵が源応尼の住まいだ。

少し離れたところで馬を降り、半蔵に繋いでおくように命じると、元信は、庵の木戸へと向かった。

「おばばさま……」

いつものように元信は声をかけようとして、ふと、いたずら心が起きた。

驚かせてやろう。慌てる顔を見てみたい——。

そっと木戸を開け、足音がしないようにそうっと足を忍ばせ、中庭へと廻《まわ》った。その方が、祖母の寝所に近い。今日はいつも通いでやってくる使用人の姿もないようだ。綺麗《きれい》に掃《は》き清められた庭の一角には祖母が大事にしている梅の木がある。元信はようやく蕾《つぼみ》をつけたばかりの梅にそっと手をやった。と、そのときであった。

「やぁ！」

いきなり背中を打たれ、びっくりして振り返ると、棒切れを手にした少女が必死の形相で向かってきた。

「や、やめろ。やめぬか！」

慌てて逃げようとしたが、少女は執拗《しつよう》に追っかけて、バシバシと叩いてくる。

「い、痛い！　こいつ、やめろって。う、うわっ」

尻餅をついた元信の頭めがけて、少女が棒切れを振りおろそうとしたそのとき、

「やめろ、瑠璃《るり》」

と、さっと手が伸びて、少女の棒切れを摑《つか》んだ。半蔵だった。

「半蔵さま！」

半蔵から瑠璃と呼ばれた少女は嬉しそうな声を上げた。

「もしかして、半蔵さまのお知り合い？」

「ああ」

「だったら、そう言ってくればいいのに。私はまた盗っ人かと思った」

そう言って、瑠璃は元信に向き直り、「ごめんなさい」とぺこりと頭を下げてから、
元信の顔をまじまじと覗き込んだ。

くっきりとした二重の丸い目をしている。長い睫毛《まつげ》の奥、黒々とした瞳は力強い。

「痛かった？　怪我《けが》はありませんか？」

「ない」

自分で叩いておいて、怪我はないかもないものだろう。元信はぶすっとした顔で答えると、立ち上がった。

「盗っ人とは無礼であろう、いきなり叩くとは」

文句を言ってやろうと少女を見たが、少女はもう元信には関心がないようで、一所懸命首を伸ばし、半蔵を嬉しそうに見上げていた。

今にもぴょんと飛び跳ねそうなほど嬉しくてならないという顔だ。まるで久しぶりに主人にあった仔犬のようだ。背は半蔵や元信の胸ほどしかない。髪はまだ胸元にかかる程度で八歳か九歳だろう。侍女か下働きか、とにかく元信の知った顔ではない。

「お前、どうしてここに？」

長身の半蔵は膝《ひざ》に手をつき、背の低い瑠璃に視線を合わせている。

「こちらで小間使いをすることになったの。駿府《すんぷ》にいれば半蔵さまともしょっちゅう会えるでしょ？」

無邪気な顔で告げられて、半蔵はちょっと困ったような、でも明らかに嬉しそうな顔になった。

何なのだ、この娘は……。

元信の視線に気づいた半蔵が、元信にこう紹介した。

「この子は瑠璃と言います。以前、お話しした、浜松で助けた母子の……」

半蔵はぼそぼそっと小声で告げた。

「ああ、襲われていたのを助けたとかいう、あれか」

元信は半蔵から聞いた話を思い出した。駿府に来る途中で、少女を連れて山道を逃げる若い母親を救ったという話だ。確か母親は深手を負っていたと聞いた気がする。

「庄屋《しょうや》に預けたとか言ってなかったか」

「ええ。そうなんですが」

「このたび、庵主《あんしゅ》さまのところで働かせていただくことになって、出てまいりました」

と、半蔵の代わりに少女がハキハキと答えた。幼いくせにまったく物おじしていない。

「はじめまして。瑠璃と申します。半蔵さまのお仲間なら瑠璃にとっても大切なお方です。お名をお教えくださいい」

「瑠璃、このお方はな」

半蔵が松平の若君だと言おうとしているのを察して、元信はやめろと顔をしかめた。

「次郎三郎だ。覚えておけ」

と、元信は不愛想に通称を教えた。

「次郎三郎さま。変わったお名だこと」

変わった名とはなんという言い草だ。これは松平では代々使われる名だぞ――。

しかし、文句を挟む暇も与えず、瑠璃は質問を投げかけてきた。

「ねぇ、次郎三郎さまも若君さまのお側《そば》にお仕えしているんですか？」

「ん？　ああ、まぁな」

「では、鬱々《うつうつ》の若君さまのご機嫌はいかがですか？」

「鬱々？」

「こら、瑠璃、そんなこと訊くな」

半蔵が慌てふためいた。

「えっ、だって」

「やめろって」

と、ちらりと元信を見た半蔵の顔が「しまった」と言っている。

「半蔵、どういうことだ。お前、私のことをそのような」

「申し訳、申し訳ございません！」

半蔵はバッとその場で手をつくと、許しを請うてきた。

「つい、その……」

「ついとはなんだ、ついとは！」

こんな少女相手に鬱々の若君などと陰口をきいていたとは。カッとなった元信は思わず、半蔵に拳を振り上げていた。一発、二発……殴《なぐ》っても気が収まらない。

「やめて、やめてください！」

瑠璃が元信の腰にしがみついた。

「瑠璃、よせ。いいのだ」

半蔵は瑠璃を制しながら、元信を仰ぎ見た。唇《くちびる》が切れて血がにじんでいる。

「お殴りください。若君の気がお済みになるまで」

「ああ、殴ってやる。殴ってやるとも」

言いながら、元信は半蔵を殴りつけた。殴っても殴っても腹立ちは増すばかりだ。

「若君さま……」

瑠璃は一瞬、茫然《ぼうぜん》としたが、すぐに前よりも強い力でしがみついてきた。

「おやめください！　悪いのは瑠璃です！　半蔵さまではありません！　私が勝手にそう言っただけです！」

「瑠璃、離れていろ！」

半蔵が怒鳴《どな》った。

「いえ、離れません！」

「お前も殴られたいのか！」

と、元信は怒鳴った。子供相手に本気で殴る気はない。しかし、言わずにはいられない。怖がって泣くなら泣けばよいのだ。

「どかぬと殴るぞ！」

だが予想に反して、瑠璃は逃げるどころか、元信の前に身を投げた。

「殴りたいなら、お殴りになればいい」

「何ぃ」

「さぁ、お殴りなさい！　気が済むまで！」

瑠璃は顔を上げ、キッと大きな目で元信を睨《にら》んだ。そのあまりの気迫に、元信は拳を振り上げたまま、固まってしまっていた。

なんだ、この娘は。自分の半分ほどの年のくせに。泣いて謝るならまだ可愛《かわい》げがある。なのに、この偉そうな目は何なんだ――。

「さぁ、その辺でもうよろしいでしょう。お鎮《しず》まりなさいませ」

そのとき、元信の背後でふんわりと、柔らかな声がした。

振り返らなくても、祖母源応尼の声だと、元信にはわかった。

「庵主さま……」

瑠璃と半蔵が慌てて身づくろいをし、源応尼に向かって頭を下げた。

「正月早々、何を争うておられるのやら。子供に手を上げてどうなさるおつもりじゃ」

「べ、別に……何も争うてなどおりません！」

元信は怒ったように声を上げると、わざとらしく振り上げていた腕をぐいと後ろに振り下ろして肩を回した。それから、おもむろに振り返った。

源応尼はいつもにもまして、優しい眼差しをしている。元信は軽く咳払《せきばら》いをしてから応えた。

「……少し、お顔を見に寄っただけですから」

「それは嬉しいこと。そこでは話ができませぬ。餅でも進ぜましょうほどに」

源応尼はゆったりと微笑《ほほえ》んだまま元信を中へと誘った。

「え、ええ……はい」

元信が素直に従うと、源応尼は半蔵と瑠璃にも声をかけた。

「半蔵も、ほら、顔でも洗って。一緒にいらっしゃい。瑠璃、例のものをね」

「はい」と、瑠璃は素直に立ち上がり、大きく頷《うなず》いたのであった。

「あ、あつっ」

囲炉裏端に座り込み、元信は源応尼が炙《あぶ》ってくれた餅にかぶりついた。餅に醸《かも》した豆味噌《まめみそ》が塗られているだけの素朴なものだが、空腹を満たすには十分なご馳走《ちそう》である。

「旨《うま》いぞ」と、元信は横にいる半蔵にも食べるように促した。さきほど殴ったことは、もうなかったことにしたかったのだ。

「はい」と半蔵は頷いたが、まだ手を伸ばそうとしない。遠慮するなら食べてしまうぞと言わんばかりに、元信は次の餅を口に入れた。

「ゆっくりと。そのように慌てると、喉《のど》を詰まらせますよ」

源応尼に注意されたそばから、餅が喉に絡みつき、元信は慌てた。

「ほらほら……」

源応尼が笑いながら、トントンと背中を叩いてくれる。

「水、水をお持ちします」

と、半蔵が立ち上がったところへ、土間にいた瑠璃が茶碗を掲げて持ってきた。

「どうぞ」

「う、うん……」

元信は手を伸ばし、受け取った。熱くはないのでごくっと飲み込む。一口目は味わう余裕がなかったが、後口が妙にさっぱりとしているのだけはわかった。次からはゆっくりと味わうことにして、元信は茶碗の中をしげしげと眺めた。

ほうじ茶だろうか、薄い茶色だ。香ばしさの中にも爽《さわ》やかな香りとほんのりとした甘みを感じる。何の味だろうか。飲むうちに不思議に心が落ち着いてくる。

「これはいったい……」

何のお茶なのかと尋ねると、源応尼が「瑠璃がお前に飲ませたいと用意していたものですよ」と答えた。当の瑠璃はというと、少し恥ずかしそうに顔を伏せた。

「私に？」

「気に入りましたか」

と、源応尼が微笑む。

「ええ」と頷くと、瑠璃が弾けんばかりの笑顔になった。コロコロとよく表情が変わる奴だ。さっきまでのきつい顔とは大違いだ。

「この子は不思議な子でね。私にも折に触れ、身体の調子に合うお茶を用意してくれるのですよ」

「はぁ、さようで」

と応じてから、元信ははっとした顔になり、瑠璃を見た。

「まさか、薬ではないだろうな」

「そ、それはあのぉ」

瑠璃がどういう意味かというように元信を仰ぎ見た。

「大丈夫じゃ。どれもその辺に生えている木や草じゃ、のうぉ」

と、源応尼がすかさず横から口を挟んだ。が、元信は瑠璃に問いかけた。

「では、これにはいったい何が入ってるんだ?」

「炒《い》ったごぼうと干した山芋、ナツメの実、それとミカンの皮を天日でよく干したものです。陳皮《ちんぴ》といって気を巡らせて明るくしてくれます」

さっぱりと爽やかな後口のよさはそれから来ているらしい。半蔵も茶を飲みながら、

「いい香りだ」と呟いている。

「甘味はナツメというわけか」

「はい。そうです。ナツメは安神《あんじん》に効くと申します。安神とは気を安んじることで」

「安神ぐらい知っている」

と、元信は遮《さえぎ》った。安神とは気を落ち着かせることだ。確かにほのかな甘みを口にすると、人はほっとするものだ。元信の肩の力も抜けていく気がする。それに山芋は、滋養強壮に効き目があり、気力を養うにはもってこいのものだ。

途中で遮ったものの、えらく物知りな娘だと元信は瑠璃を見直し始めていた。

「香ばしいのはごぼうの味か？」

「はい。本当は実がよいのですが、手に入らなくて。ごぼうを薄切りして炒りました」

「工夫したというわけか。なかなかよい味だが、何のために入れたのだ？」

「便通によいのです。若君はお詰まり気味で、毎朝お困りだとお聞きしましたので」

「何っ……」

そんなことまで喋《しゃべ》っているとは。横目で睨むと半蔵は申し訳なさそうに首をすくめた。元信はこれ見よがしに舌打ちをすると、茶碗を置いた。

「ま、よい。しかし、このようなこと、どこで覚えた」

「亡くなった母から。私の父は医術を学んでいたそうです。ですから、私も薬師になりたくて」

半蔵が助けたという母親は死んでしまっていたのか。元信が問う前に半蔵が小さく頷いてみせた。

「小さいながら、よく書物を読むのですよ、この子は。母上の教えの賜物《たまもの》じゃな」

と、源応尼が微笑むと、瑠璃は嬉しそうに頷いた。

「ふ〜む、そうか。それにしても薬師とは」

元信の呟きを聞きとがめるように、瑠璃が問いかけた。

「いけませんか？」

「いけないわけではないが……薬は好まぬ」

「どうしてですか？」

「どうしても、だ」

元信は強めの口調で遮った。すると、源応尼や半蔵はやれやれとため息をつき、瑠璃は怪訝《けげん》な顔になった。

「でも、お茶はお飲みになりました」

「薬と茶は違うのであろう。それともお前の煎《い》れた茶が薬だというのなら、もう二度とは飲まぬ。ともかく、おなごの身で薬師になりたいなどと、考えぬことだ」

元信が苛立《いらだ》たしげに突き放すと、瑠璃は鼻先であしらわれたと思ったのか、急に気色ばんだ。

「なぜですか！　女が薬師になってはいけないのですか」

「いけないとは言っておらぬ。難しいだろうと言っている」

「なぜそう決めてかかるのですか」

「途中で投げ出すくらいなら、初めからやめておいた方が身のためだからな」

「そんなことにはなりません！」

瑠璃はまた先ほどのきつい顔に戻った。しょうがない娘だと元信は苦笑し、わざとらしく吐息をついた。

「……無理なものは無理だ」

「でも、瑠璃の夢なのです！」

瑠璃は自分のことを瑠璃と言った。そして、まっすぐに元信を見つめ、穢《けが》れのない目で、今の元信にとってもっとも嫌な言葉を使った。

「夢だと……」

元信は自分でも子供相手に意地悪だとは思ったが、抑えきれなくなった。

「夢など、軽々しく口にするものではない」

「なぜです？　軽々しく言っているわけではありません」

瑠璃は負けていない。

「いいか、夢など持つだけ無駄だ」

吐き捨てるように言い放つと、元信は立ち上がり、源応尼に暇乞《いとまご》いを告げた。

「そろそろ失礼いたします」

だが、瑠璃は元信の前に立ちふさがると、こう言い放った。

「無駄とは思いません。途中で投げ出したりもしません。必ず、瑠璃は夢を叶えます！　見ていてください！」

まっすぐな瑠璃の瞳を直視できず、元信は目を逸《そ》らしてしまったのだった。

二

慌ただしく元信が席を立って出て行ってしまい、半蔵も後を追って帰ってしまった。

去り際、瑠璃に「またな」と声をかけてくれたのがせめてもの慰《なぐさ》めだ。

それに引き換え、若君さまは、なぜ、あんなにもきつい言い方をなさるんだろう。

ただ私は本心を言っただけなのに。いくら苛々《いらいら》しているからといって、あんまりだ。

「嫌なお方……」

瑠璃は口の中で小さく呟いてから、ぎゅっと唇を噛《か》んだ。

「気にすることはありませんよ」

と、源応尼が柔らかな眼差しを瑠璃に向けた。

「あ、はい……すみません」

悪口が聞こえてしまったかもしれない――。

瑠璃が慌てて謝ると、源応尼は別段怒った風でもなく、微笑むと、自室へと戻っていった。その後ろ姿を見送ってから、瑠璃は茶碗を片付け始めた。

煎じたお茶はまだ少し残っている。竹筒に入れて、持って帰っていただくつもりだったのにと思いながら、瑠璃は残り茶を口にした。

「うん、美味《おい》しい」

味は悪くないと思う。若君さまだって、薬は嫌いだとか言いながら、旨そうに飲み干していらした。だいたい茶と薬を分けるのがおかしい。どちらも同じく野にある草や木から作るものなのに。あれでは鬱々ではなく苛々の若君だ――。

「今度からそう呼んでやろうか。それとも、お詰まりの若君の方がいいかも」

そう口に出すと、なんだか愉快になってきた。それにしても、ごぼうが便通に効くと言った瞬間の若君さまの慌てようったらなかった。若君さまでも恥ずかしいことがおありなんだと思うと、自然に笑みが湧いてくる。それに……。

瑠璃が必ず夢を叶えると言った後、目を逸らした様子が気になった。

なぜあんなに寂しそうな目をされたのだろう――。

庵主さまと若君さまは顔立ちがどことなく似ていた。けれど雰囲気はまったく違う。いつも柔らかな笑みを絶やさない庵主さまに比べて、若君さまは暗い表情が多かった。

「もっとお笑いになればいいのに……」

そう呟いてから、半蔵が同じように呟いたときのことを瑠璃は思い出した。

「若君にもっと笑っていただきたいのだ、私は」

だが、どうすれば若君さまに笑っていただけるのか、瑠璃にはまったく見当もつかない。ただ、半蔵がとても若君さま思いで、明るく優しい男だということだけはよくわかっていた。

瑠璃が半蔵と出会ったのは、二年ほど前のことになる。

なぜそこにいたのか。実のところあまりよくわかっていない。朧《おぼろ》に覚えているのはただそのとき、瑠璃は母と二人で、山道を急いでいたということだ。たぶん、父の元に行く途中だったのだ。今考えればそんな気もする。とにかく、突然、目の前に大きな男が立ちふさがり刀を抜いた。ぎらりと光った刀身と、母が必死に命乞《いのちご》いをしている姿が目に焼き付いている。

なぜ殺されなければいけないのか。瑠璃はただただ怖ろしく、身がすくんでいた。

「逃げるのです！　何があっても生きよ！」

母の声に押され瑠璃は駆けだしたが、後ろに続いてくるはずの母の気配がない。立ち止まった瞬間、「ぎゃぁ」と母の悲鳴が聞こえた。振り返った瑠璃の目に映ったのは、倒れ込む母とその返り血を浴びた髭《ひげ》の大男だった。

立ち尽くした瑠璃の元へ大男はまっすぐに迫ってきた。と、そのときだった。大男と瑠璃の前に黒い影が現れた。

はじめは野猿《やえん》が出たのだと思った。猿は素早く動き、大男の顔に向かって何かをぶつけた。白い粉が辺りに飛び散り、目つぶしをくらった大男は怒りの声を上げたが、次の刹那《せつな》、男はまるで大木が倒れるときのように、どさっと音を立てて崩れ落ちた。

その後、猿は大男の他にも何人かいた男たちを蹴散らし、瑠璃の元へと駆け寄ってきた。

「大丈夫か？　立てるか」

猿ではなかった。背は瑠璃の倍以上はあるだろう。日に焼けてはいるが猿顔でもない。歳は十四か五。元服を済ませたばかりぐらいの人が瑠璃に向かって笑いかけていた。笑うと目元にきゅっと何本か皺が寄って、それが彼の顔を優しげに思わせた。

彼は血だらけの瑠璃の母に素早く血止めをおこなったが、ここにいては駄目だとすぐに背負い、瑠璃の手を引いて山道を降りてくれた。

それが半蔵であり、半蔵が助けを求めた先が、浜松の鈴木権右衛門《すずきごんえもん》の屋敷であった。後で聞くと、鈴木の家は近在一の豪農で、室町幕府から続く大庄屋だった。広大な屋敷と田畑を持ち、村の人たちを束ねる役目を担っていた。

金持ちというだけでなく、当代の権右衛門は面倒見のよさで村人からも慕われる存在だった。見ず知らずの瑠璃母子をすぐさま受け入れ、医師に母の怪我を診せてもくれた。おかげで母はいっときは持ち直したが、残念ながらそれからしばらくして、瑠璃を残してこの世を旅立ったのだった。

権右衛門は母を亡くした瑠璃を可哀《かわい》そうに思って、家に置き、まるで娘か孫のように可愛がってくれていたが、世話になるばかりでは心苦しかった瑠璃は、働き口を探してほしいと頼んだ。

「遠慮せず、好きなだけここにいても構わないのだよ」

権右衛門はそう言ってくれたが、瑠璃の気持ちは変わらなかった。

「駿府へ行きたいのです」

瑠璃は権右衛門に頼み込んだ。なぜ駿府に行きたいのかと問われて、父に会うためと答えたが、その実、父が駿府にいるかどうかはわからなかった。

瑠璃は父の顔を知らない。名は宗助《むねすけ》と聞いていたが、この時代、名前など変えてしまう人が多く、あてにはならない。手がかりとなるのは、『紫雪《しせつ》』と記された薬包《やくほう》だけである。母は死ぬ前、それを父から預かった大事な薬だとし、瑠璃に託した。

「これを持っていれば、いつか父上に会えます」そう言って……。

襲われたあのとき、駿府を目指して歩いていた、そんな気がしていた。

それになにより、駿府には半蔵がいた。三河の岡崎から連れてこられた若さまの御《お》付《つ》きとして、駿府にいると聞いていたからだ。

瑠璃母子を権右衛門に預けてからも、半蔵はよく顔を出してくれた。駿府と岡崎の間を行き来する役目があるらしく、その都度必ず、庄屋屋敷にも立ち寄ってくれたのだ。特に母の死後、独りぼっちになった瑠璃を案じて、半蔵は頻繁に訪れた。

あるとき、瑠璃が薬師になりたいと話すと、半蔵は手近に生えていた草を指さし、こう話し始めた。

「この草はな、薬になるんだ」

「あのとき、血止めにお使いになりました。同じでしょ？」

瑠璃の母が斬られたとき、半蔵はその草を摘み、手近な石で叩いてからよく揉《も》んで、血止めに使っていた。

「ああ、よく覚えていたな。血止め草というんだ」

半蔵は青々とした小さな葉をむしると、手の中で揉み始めた。

「こっちに生えているのは、イヌホオズキだ。これは腫物《はれもの》に効く」

「野あざみも腫物に効くと聞いたことがあります」

瑠璃は母から教えてもらったことを口にした。

「野に生えている草木には人を治す力があると、母はいつもそう言っていました」

「うん。その通りだ。つわぶきの葉は切り傷に効くし、ドクダミはその名の通り、毒消しをしてくれる」

半蔵は薬になる草木を見つけるのが早い。どこからか甘い花の匂いがした。

「おお、葛《くず》があったぞ」

草が生い茂った中から赤紫色の花を見つけると、半蔵は嬉しそうにその蔓《かずら》を引っ張った。そうして腰に付けていた手の平ほどの長さの小刀を抜き、器用に蔓の先端を切り取り始めた。

「この若芽のところは湯がいて食べると旨いんだ。それにこの花は煎じて飲むと二日酔いに効く。酒飲みには喜ばれる」

半蔵は懐から布袋《ほてい》を取り出すと、摘んだ花や蔓を詰め始めた。瑠璃も手伝った。

「葛の根は取らないんですか？　薬になると聞いたような」

「ああ、そうだ。だが、もう少し古い木でないと太い根は取れないからな。これでは可哀そうだ。ここの場所をよく覚えておいて、また来ることにしよう。な」

半蔵は、葛の木をまるで人をいたわるように可哀そうだと言った。

「……半蔵さまはよくご存じですね。どなたから教わったのですか？」

「父からだ」

「半蔵さまのお父上もお医師なのですか？」

「いや違う。医師でも薬師でもないよ。ただ何といえばいいかなぁ。野山で育ったから少し知ってるだけだよ。よし、これだけあれば十分だな」

半蔵は袋いっぱいに蔓や花を採ると、満足気に立ち上がった。そんな半蔵の横顔を瑠璃は感心して見ていた。

「ん？　なんだ。私の顔に何かついているか？」

半蔵は手の平で顔をごしごしとこすった。

「違います。いいなぁと思って」

「いい？　何がだ？」

「半蔵さまが」

「はぁ？　草木のことをよく知ってるからか？」

瑠璃はとびっきりの笑顔を浮かべて、半蔵を見つめた。

「はい。私、大きくなったら半蔵さまのお嫁になります。よいでしょ」

「はぁあ？」

半蔵は一瞬呆けたようにあんぐりと口を開けたが、その後すぐに、ハハハと大きく口を開いたまま笑い出した。

「ひどい！　なぜ笑うんです」

瑠璃が怒っても、半蔵は笑うのをやめようとしない。

「はいはい。ありがとうよ」

まるで相手にしてくれない。

ふっと空を見上げた半蔵は、「いけない。雨が来るぞ」と呟いた。不思議なことに半蔵のそういう予言はよく当たる。

「どうしてわかるんですか？」

「さぁ、どうしてかなぁ。日頃の行いがよいからかな」

半蔵は茶目っ気たっぷりの顔ではぐらかした。

「ほら、走るぞ。どっちが早いか駆けっこだ」

言うなり、半蔵は走り始めた。どっちが早いかなんて、駆けてみなくてもわかっているのに。

「待って。待ってください！」

瑠璃は必死に半蔵の後を追った。半蔵は瑠璃の方へと振り返り足踏みをしたかと思ったら、今度はそのまま後ろ向きに駆けてみせた。それでもなかなか追いつかない。

「ほら、まだかぁ。先に行ってしまうぞ」

からかわれているのはわかっている。それでも瑠璃はよかった。半蔵がいてくれるだけで楽しい。だからこそ、瑠璃は半蔵のいる駿府で暮らしたい――そう思うようになったのであった。

半蔵が草木の薬効を知り、天気を予知できるのには理由がある。彼の先祖は伊賀《いが》の国で代々、忍者の長を務める一族であった。

半蔵の父服部半三郎《はんざぶろう》は、かつては足利《あしかが》将軍家に仕えていたのだが、やがてその腕を買われ、元信の祖父松平清康、さらには元信の父広忠に仕えることになった。

半蔵は半三郎の子として、松平家がある岡崎城下で生まれた。歳は元信と同じ。わずかばかり半蔵の方が先に生まれている。

忍術遣いの息子ゆえ、半蔵は戦いに必要なことはまだよちよち歩きの幼い頃から叩き込まれた。剣、馬、弓、泳ぎ……そして、草木の扱いも天気を読むことも忍者としては必要な知識だったのである。

しかし、父はそんな風に育てておきながら、半蔵には影の道を歩ませたくないと思ったようで、半蔵が八歳になったある日、出家させようとした。しかし親の心子知らず、半蔵は寺をたったの一日で逃げ出した。

「戒律《かいりつ》など糞《くそ》くらえ。あそこにいては腐ってしまいます。何のためにこれまで忍術修行したのかわかりません」

真っ向から噛みついた半蔵に父は諭すようにこう言った。

「お前と同い歳の若君が人質に取られていることは知っているな。岡崎に戻ることも許されず、忍従されている竹千代《たけちよ》君のことを思え」

父は、織田から今川へとたらい回しの人質生活を続ける若君に比べ、寺暮らしを嫌って逃げ出すなど、我慢知らずにも程があると言いたかったのだ。だが、忍びにさせまいとした父が、「忍従」という言葉を使うこと自体が、半蔵には馬鹿馬鹿しくてならなかった。

「経を唱えよではなく、若君をお救いせよとお命じあってしかるべき」

幼さが残る顔で偉そうに言い放つ息子を見て、父はやれやれと苦笑を浮かべた。

当時、半蔵の父は今川のある駿府でさまざまな情報を得ては、岡崎に残る松平一族や岡崎衆と呼ばれる家臣たちに知らせる役目を請け負っていた。みな、いつの日か若君が戻ることを信じて疑っていなかったのである。そこで彼は息子に駿府の竹千代との繋ぎ役を担わせることにしたのだった。

「お仕えするからには命を懸けてお守りしろ。できるか」

「はい」と即答したものの、そのときの半蔵にそこまでの覚悟があったかというと、疑わしい。坊主になるよりましだと思ったぐらいのことだ。ともかく、半蔵は駿府で人質生活を送る竹千代に付き従うことになった。近侍《きんじ》としては、既に岡崎から付き従ってきた同じような年頃の者が何人かいて、半蔵はその末席に連なったのである。

初めてお側に上がったとき、半蔵は竹千代の自己主張のなさに戸惑いを覚えた。

長く続く人質生活がそうさせるのか、まだ幼いとはいえ、周りの者が言うがまま反論もせず頷くばかりなのだ。

この方に我が命を懸けるのか――。

少々がっかりしたともいえる。だが、少しして、それはいい意味で裏切られた。

今川館に入って、まもなくのことだ。家臣たちが集まる場に参上すると、家臣たちは入ってきた竹千代を見るなり「あれが三河のいくじなしの小倅《こせがれ》か」と嘲《あざわら》笑い始めた。若君ばかりか、その父広忠をけなす者もいたが、近侍たちはぐっと堪えている。だが半蔵は我慢できず、脇差《わきざし》に手をかけた。すると竹千代は首を振り静かに制した。

忍従なさるおつもりか――。

半蔵は諦め半分情けない気持ち半分でそう思った。次の刹那《せつな》であった。

竹千代はおもむろに縁先に立ち、裾をまくると「ああ、気持ちがよい。よい庭じゃ」と言いながら、立ち小便を始めたのである。

半蔵も驚いたが、あの折の、今川の家臣たちのぎょっとした顔は、今思い出しても愉快でならない。立ち小便を終えた後の若君の清々《すがすが》しいばかりの笑顔もよかった。

なんと豪胆《ごうたん》な方なのだろう――。

この瞬間、半蔵はこの幼い主君が好きになった。何かとてつもないことをしでかす人だと思えたからだ。そう思って接していると、竹千代は相当な天邪鬼《あまのじゃく》でいたずら好きだとわかってきた。人の好き嫌いも激しいし、偏屈でもあった。そしてそれらを他人に隠す不思議な力もあった。半蔵ら身近な者に対して怒りをぶつけることもあったが、「すまぬ」とすぐに謝る可愛さもあった。どちらも気を許した相手にだけ見せる側面で、甘えているようにも思えたし、寂しさの表れとも受け取れた。

知れば知るほど、半蔵は若君の側に仕えることに喜びを感じるようになっていった。

しかし、それにしても、最近の若君の鬱屈加減はよくない。以前のようないたずらは影を潜め、いつもどこか遠くを見ている。ため息をつかれることも多い。

若君の晴れ晴れとした笑顔を見たい。そのために、気晴らしがよいのなら、どこへでも供をする気でいたし、殴られるくらい平気だ。鬱屈が溜《た》まっている若君を一日でも早く解き放ち、松平家を再興するお手伝いをしたい――。

それが今、半蔵の最大の願いであった。

三

「そなたの縁組が決まったぞ。太守さま（今川義元）がお決めくだされた」

父からそう言われたときのことを瀬名はありありと思い返すことができる。父・関《せき》口親永《ぐちちかなが》は今川一門の重臣で、瀬名を産んだ正室は今川義元の妹だ。

海道一の太守さまお声掛かりの縁組とあれば、それ相応の若君が相手となるはず。

どのような素敵な方が我が君になるのであろう――と、心躍る思いがしたものだ。

「どなたですか！」

はやる思いで問いかけた瀬名は、父の口からまさかの「松平元信」の名を告げられて、血の気が引いた。みなが田舎者だと馬鹿にしている男の名ではないか。

だいたい最初の印象が悪かった。彼がまだ童で竹千代と呼ばれていた頃、今川館に来て初めてやったのが立ち小便であった。そのときのことを父はおかしそうに話したが、ただ噂《うわさ》として聞いただけの瀬名は「なんと野蛮《やばん》な振舞か」と身震いがしたものだ。

実際会ってみると竹千代の顔はそれほど嫌いな顔ではなかった。おっとりとしていて優しげにも思えた。さすがは美形と謳われた源応尼の孫だけあって、愛らしいとも思えた。だが、気に入らなかったのは、瀬名を見てもにこりともせず、不愛想に挨拶したことだった。

みながみな、自分の気を惹こうとするのに慣れていた瀬名にとって、それはかなり衝撃的な出来事だった。それに長じてからも、元信は瀬名に歌一つ送ってきたこともない。もちろん、貰《もら》っても返事などするはずもないが。

今川家は足利将軍家にも連なる名門である。義元の母が公家の出ということもあり、万事があでやかで優雅な京の御所風の今川の中にあって、元信には雅さのかけらも感じない。そんな男が自分の夫になるなど、ありえない。

「太守さまは瀬名を疎《うと》んじておられるのですか！」

青ざめた顔のまま、瀬名はこう口走っていた。

「何を言う。悪い話ではないぞ」

「父上まで何をおっしゃるのです」

きゅっと唇を噛んだ瀬名を見て、父は困惑した顔を浮かべた。母似の瀬名に対して、父は声を荒らげることをしない。瀬名が我儘《わがまま》を言ってもいつも今のような困った顔をするばかりだ。すると横に控えていた母が瀬名に向かって諭《さと》すように話し始めた。

「太守さまはそなたを見込んでこのお話をお決めなされた。その証拠にそなたを我が養女として嫁《とつ》がせると仰せじゃ。誉れであろう？」

今川義元の姪としてではなく、娘として嫁ぐ――それは確かに名誉なことではあった。しかし、まだ納得がいかない様子の瀬名に父がこう重ねた。

「これから太守さまは天下に号令をかけられるはず。そのためには京へ上る必要がある。その道中、敵は少なければ少ないほどよい。甲斐《かい》や北条《ほうじょう》とは既に幾度も縁組をし、手を組んでいるのは存じていよう。松平の地は京への要。縁を結んでおくのは今川にとって何よりも大事なことなのだ」

「だからといって、なぜ瀬名なのです」

いくら我儘に育てられたといっても、婚姻が国と国とを結ぶものだと承知はしている。しかし、そうであっても犠牲になるのは嫌だと瀬名は思った。

「第一、あちらは瀬名を嫌うておりまする」

「まさか」と、父も母も笑った。

「先方はありがたき幸せ喜んでお受けするとお答えのようだぞ」

「喜んで、瀬名を貰うと？」

「ああ、喜んでだ」

母は微笑みを浮かべ、瀬名を見た。

「瀬名ほどの姫を嫌う馬鹿がどこにいるというのです。もしも嫌う素振りをしたことがあったとしたら、それはきっと手が届かぬ花ゆえに遠ざかろうとしたのじゃ。男と女のことなど何も知らぬ不器用さゆえであろう。可愛いものではないか。ねぇ」

と、母は父に同意を求めた。「ああ」と父もすんなりとそれを認めた。

「松平どのは、確かにそなたが思うような雅さには欠けるだろうが、あれはあれでなかなかの弓取りだと私は思っている。その証拠に太守さま自らが烏帽子親《えぼしおや》になられ、名まで授けられたではないか。よくよく買っておいでなのだ」

「でも……」

「あのお方を出世させるもさせまいもそなた次第。今は多少歯がゆいところがあったとしても、太守さまの期待に沿う男に、そなたが盛り立ててさし上げればよい話」

と、母は自らの内助の功がこの人を重臣にしたのだと言わんばかりに、父を見た。

母は確かに太守の妹としてこの家に嫁ぎ、父を盛り立てている。

「私があの方を……」

両親から言いくるめられたような気もしたが、悪い気はしなかった。

瀬名は尼将軍として知られる北条政子《まさこ》のように、自らが手を添えて、元信を一人前の男として世に出すことを夢想した。

私は今川の姫だ。きっとできる。いやそうしてみせよう——。

弘治三（一五五七）年正月、松平元信と瀬名（のちの築山御前《つきやまごぜん》）との祝言が執り行われた。十六歳同士の夫婦の誕生であった。

盃《さかずき》ごとを済ませ、床入りとなったが、この夜、元信はなかなか瀬名に触れてこなかった。それどころか、声をかけることもできず、黙りこくっていた。

甘い言葉の一つ知らぬわけではあるまいに——。

瀬名は少し不服に思ったものの、その一方で愉快でもあった。

「この人は私に触れたくても触れられないほど、緊張している。今川の姫を貰うことは、きっとそれほどに畏《おそ》れ多いことなのだわ」と思えたからである。

「殿」

瀬名は元信を上目遣いにひたと見つめた。こうすると大概の男は顔を赤らめる。だが、元信は瀬名と視線を合わせようとしない。困らせてやろうと、瀬名は思った。

「……殿はこの婚姻をどうお思いですか」

「ど、どうとは……」

「瀬名を貰うて嬉しゅうございますか」

下手な答えは許さない――瀬名は元信の顔を覗き込み、目を見開き、無理やり視線を合わせた。返事の代わりに、元信の耳から首筋にかけてさっと朱が走った。

若い女の顔をこれほど間近に見たのは初めてに違いない。

「な、なぜ、そのようなことを訊く」

元信は乾いた声でそういうのが精いっぱいの様子だ。

やはり母上の言うように不器用なのだ。虐《いじ》めるのはこれぐらいにしておこう――。

瀬名はゆっくりと微笑むと、まるで宣言するかのように高らかにこう告げた。

「瀬名にとって殿は一生を懸けるお相手となりました。ですから殿には天下一の殿御《とのご》になっていただきます」

「天下一……」

返事の代わりに、瀬名は大きく頷いてみせた。この私がついているのだ。大きな男になってもらわねば困る。

「必ずや瀬名を貰ってよかったと、そう思っていただきます」

瀬名は自信に満ちた目でそう言うと、元信の胸に顔を埋めたのであった。

瀬名との婚姻の翌年、永禄《えいろく》元（一五五八）年が明けてまもなく、元信は今川義元から、三河寺部《てらべ》城攻めを命じられた。

「喜べ、初陣《ういじん》じゃ」

いつものように義元に告げられたとき、元信は初めて沸き立つものを感じた。三河寺部城の鈴木家と元信の松平家には少なからぬ因縁があったからである。

三河寺部城は、元信が生まれた岡崎城からほど近く、同じ矢作川《やはぎがわ》沿いの北にあった。その近さゆえ、八十年以上にわたって、松平家とは攻める・攻め込まれるの小競り合いを繰り返していた。決着がつかないままに、両者とも今川の軍門に下っていたのだが、今の城主・鈴木日向守《ひゅうがのかみ》が、周囲の豪族と謀《たばか》って織田方へ寝返り、今川から離反したことが発覚した。

義元から下された命は今川の先鋒《せんぽう》として、岡崎衆を率いて出陣することであった。初陣で父祖代々の因縁の決着をつける役目を与えられて、元信が心沸き立つものを感じたのも無理はない。

「謹《つつし》んでお受け申し上げます。ついては一つお願いがございます」

きっと顔を上げ、元信は居住まいを正した。

「願い？　何じゃ」

「我が名を元康《もとやす》と改めとう存じます」

「ほうぉ、しっかりと物申すようになってきたな」

嫌みではなく、義元は感心した声を出して頷いた。自らの姪と婚姻したことで自覚が生まれたのかと言いたげであったが、元信にはそんなことはどうでもよかった。

今川に松平元信ありと思わせるためにも、長年苦難を強いられている岡崎衆のためにも、初陣で失敗するわけにはいかない。元信には自らを鼓舞する必要があったのだ。そのためにも猛将で知られた祖父清康から一字を取って、「元康」としたい――。

この願い出は義元にもすんなり受け入れられ、また、二年前に主君広忠を亡くし、意気消沈していた岡崎衆の心も摑んだ。彼らは、若き主君が元康の名で初陣する姿に涙し、喜び勇んで駆け付けた。この岡崎衆の中には服部半蔵の父半三郎もいた。むろん、半蔵も心躍る思いで参陣したのであった。

二　医聖徳本

一

　松平元康が岡崎衆を率いて、三河寺部城攻めへと向かった頃、浜松の大庄屋鈴木権右衛門の屋敷がある万斛村《まんごく》に、奇妙な風体《ふうてい》の男が現れていた。

　馬ではなく牛に跨《またが》っているだけでも妙だが、伸び放題の髪と髭、着ているものは継ぎはぎだらけで、一見物乞いのようだ。しかし、不潔さはなく、『一服十八文』と書かれた頭陀袋《ずだぶくろ》を首からかけ、薬草が入った袋をぶら下げた牛の背に悠々《ゆうゆう》と跨った姿にはどこか気品のようなものさえ感じさせる。それを証拠に、彼の姿を見かけた村人はみな一様に丁寧に頭を下げ、中には手を合わせて涙ぐむ者もいるという次第で、誰もが彼の来訪を歓迎していた。

　男は村人一人一人と親しげに挨拶を交わし、幼子を抱き寄せては、「おお、よい子じゃ。よい子じゃ」と、目を細めた。そのにこやかな笑顔は地蔵のようで、飄々《ひょうひょう》とした風貌は仙人のようでもある。いつしか男の後ろには村人たちの長い列ができていた。

その行列が止まった先は鈴木権右衛門の屋敷前であった。

すると到着の知らせを受けた主人の権右衛門が大急ぎで出迎えに来た。

「これはこれは先生、ようおいでくださりました」

「久しぶりに世話になりますよ」

と、応じた男、名を永田徳本《ながたとくほん》、号を知足斎《ちそくさい》や茅庵《ぼうあん》と称する医師である。

当時の医術（内科）は、明《みん》（中国）からもたらされた李朱《りしゅ》医学が主流であった。

李朱医学では、病気になる原因は病人の体内、特に脾胃《ひい》（消化器系）が弱まったためと考える。これを治すために陰陽《いんよう》の均衡を取ることが大切であるとし、温和な薬で補益（不足分を補うこと）し、養生回復を図ることを基調とする。

徳本も当初それを学び修めた。しかし、徳本はそれに飽き足らず、伝染性の疾病治療に注目した書物『傷寒論』を修め、補益養生に頼るだけではない、より積極的な治療法――病邪《びょうじゃ》（毒素など）を体外へ出すために、吐剤、下剤、発汗剤を用いる――を究めていった。そしてこれにより、後世、医聖と呼ばれるに至った名医であった。

おそらく、彼は、望めばどんな栄耀栄華《えいようえいが》を手にすることもできただろうが、本人は金儲けや名誉にはまったく興味がなく、貧乏人からは金を受け取らず、また大名やどんな金持ちからも十八文以上の金を受け取らないという変わり者であった。

そんな徳本のことを甲斐の武田信玄《しんげん》はたいそう気に入り、住まいを与え優遇していたため、「甲斐の徳本」と呼ばれることもあったが、徳本自身はというと、一つ所にいるのをよしとせず、すぐにこうしてふらっと旅に出るのであった。

権右衛門にいざなわれ、屋敷の中へ向かいながら徳本は問いかけた。

「この辺りに戦火は来ておらぬようだな」

「まだ油断はできませぬが、幸いと。けれど、若い者の中には一旗揚げるのだと、出ていく者もいて困ったものです。畑仕事より戦《いくさ》の方が、面白いと思っているようで」

と、権右衛門がため息をつくと、徳本は仕方ないと頷いてみせた。

「若いうちは力が有り余っているし、何が大切か見えぬものだからな。……私とて、とにかく人とは違うことを試してみたくて仕方がなかったものだ」

「先生の場合は人を救う医術。戦は田畑を荒らし、命を奪い合うだけのものです」

そう呟いてから、権右衛門は気分を変えるように尋ねた。

「先生、こちらには何か特別なご用でも？」

「さほどのことではない。山の中でじっとしていると、海の魚が恋しくてならんでな」

と、徳本は少し茶目っけのある顔で応じた。

「それではさっそくご用意させます。どうぞ一服なさってお待ちくださいまし。それとも先に汗を流されますか？」

「いやいや、まだあとでよい」

権右衛門はいそいそと料理や風呂の支度《したく》を命じたが、徳本は寸暇《すんか》を惜しみ、すぐについてきた村人たちの診察を始めようとした。

「権右衛門どの、悪いがほれ、あの子を呼んでくれぬか。よう手伝うてくれて助かるのだ」

「ああ、瑠璃でございますか。申し訳ございません。あれは今、駿府におりまして」

「駿府？」

「はい。母親が亡くなり、しばらくして、父を探しに行くと申しまして」

「そうか。あの母親は亡くなったのか」

以前、瑠璃が負傷した母親と共に権右衛門の屋敷で世話になっていたときにも、徳本は今日のようにふらりと現れたことがあった。刀傷は徳本の専門外であったが、それでも瑠璃の母の傷を診て、できる限りの治療を施したのだった。

「先生のおかげでいっときはよくなったのですが、可哀《かわい》そうなことに」

「そうか、そうだったか……」

そう呟きながら徳本は、母親に付き添いながら、治療の様子を真剣に見つめていた瑠璃の姿を思い起こしていた。あるとき、瑠璃は徳本にこう尋ねたことがあった。

「先生、これが何の薬かわかりますか」

瑠璃が差し出した薬包に『紫雪』とあるのを見て、徳本は思わず目を剝《む》いた。

「な、何っ、紫雪だと？……なぜ、お前がこんなものを持っているのだ」

「母から、父からの預かりものだと。それほどに貴重なお薬なのですか？」

「貴重も貴重。古来、唐天竺《からてんじく》からもたらされたという秘薬でな。黄金、寒水石《かんすい》、石膏《せっこう》、磁石などの他に、天竺にしかない希少な材料を使うことから、滅多《めった》には拝めぬ。私は代用品を用いたものを何度か目にはしたが、本物は正倉院《しょうそういん》の宝物庫にわずかに残されているだけと聞く」

「ではこれも代用品で作られたものでしょうか」

「どうかな。本物なら、紫がかった結晶が、淡雪のごとく溶けるはず……」

と、徳本は慎重に包みを開いた。キラキラと美しい紫の雲母《うんも》を砕いたような細かな粉だ。徳本はそれを小指の先に、ほんの少しつけて、口に含んだのだった。

「で、それは本物だったのでございますか？」

と、権右衛門が尋ねた。興味津々という顔つきである。

「溶けた。だが、本物かはわからん。とにかくあの子にとっては大切な父の手がかりだ。宝として持っておくように言っておいたが、駿府で父に会えたのだろうか」

「いえ、それがまだのようで。駿府にいるのかもわからぬようです。……先生、仮に薬が本物だとしたら、あの子の父親はいったいどのような者なのでしょうか」

「さあな。朝廷から褒美としてもらったとすれば、先祖はさぞかし名のある武将。さもなくば、正倉院の蔵を破る大盗っ人……ま、それは冗談として、あれが代用品で作れるとしたら、かなり腕のよい薬師であろうよ」

　と、徳本は茶目っけ混じりに答えた。

「なるほど。あの子が薬に興味を持ったのもわかる気がいたします」

「で、あの子は元気にしているのか」

「はい。今は源応尼さまのところで預かってもらっております」

「おお、源応尼さまのところにいるのか。ならば安心だな」

「先生のお越しがわかっていれば、あの子も待っていたことでございましょう。先生からいただいたご本を、それはそれは大切に胸に抱いて持っていきましたから」

　権右衛門の答えを聞いて、徳本は嬉しそうに頷いたのであった。

三河で戦が始まっているとはいうものの、瑠璃のいる駿府の町はいつも通りの平穏が続いていた。特に源応尼の庵は、梅の花の蜜をついばみに来た鶯《うぐいす》の鳴き声がするぐらいのもので、いたって静かなものである。

この日も瑠璃は、源応尼のために茶を煎《せん》じようとしていた。

元康が出立してからというもの、源応尼は心配でよく眠れない様子なのだ。

「何がいいかしら」

瑠璃は以前、徳本からもらった書物をめくりつつ、源応尼の身体によさそうな素材をあれこれ思い浮かべた。

不眠に加えて、近頃はよく目がかすむと仰せだから、炒った黒豆に胡麻《ごま》を加えたらいいんじゃないかな。枸杞《くこ》の実を使うのもよいかもしれない。そうそう、よくため息もついてお疲れのご様子だから、元気をつける山薬も入れてっと——。

徳本が瑠璃に与えた書物は、徳本が自ら学んできたさまざまな本草学書の中から、独自に抜粋加筆した覚書である。

養命として使える生薬を上品、中品、下品と三段階に分け、それぞれの薬効別に記したもので、上品は無毒で長期にわたり服用可能な養命となるもの。中品は使い方次第では毒にもなるので注意が必要だが、滋養強壮に効果があるもの。下品は毒性があり長期服用は避けなければいけないが、強い治癒効果があるという具合である。

「よいか、この下品にあるトリカブトやカラスビシャク、ケイトウなどは場合によっては命を落とすことがあるから、そなたはけっして扱ってはならんぞ。普段の養生にはこの上品に書かれているものから選ぶのがよいのだ」

書物をめくっていると、徳本の声が聞こえてくるようだ。

このお方が父上だったらいいのに――。

母にも徳本にもそう話して笑われたものだ。

違うとわかってからも、瑠璃は徳本に顔も知らない父の面影を重ねていた。徳本は身分の上下で診察を分け隔てしない。どんな人に対してもいつも同じように接する。ただその人が元気を取り戻すことだけを願っている。

「医術は人を活《い》かすもの。それ以上でもそれ以下でもない」

そう言って笑った徳本はとても尊かった。

父の手がかりである『紫雪』という薬も、きっと人を助けるために父が作ったものだと瑠璃は考えていた。

「上品の中で使えるものは……っと」

上品に属しているのは、はと麦、おおばこ、胡麻、蓮《はす》、枸杞、菊、人参《にんじん》（高麗《こうらい》人参）などで、中品にはほおずき、芍薬《しやくやく》、麻黄《まおう》、あけび、梅、当帰《とうき》、葛などが並ぶ。

葛の項に目を留《とど》めた瑠璃の脳裏に、半蔵と共に葛採りをしたときのことが浮かんできた。あのとき、葛の根は取らないのかと問うた瑠璃に対して、半蔵は、若木の根を掘るのは可哀そうだと言ったのだ。

「ここの場所をよく覚えておいて、また来ることにしよう。な」

そう言った半蔵の優しい顔が思い起こされる。

あの約束を半蔵さまは覚えていてくださるだろうか――。

戦場がどんなところか、瑠璃にはわからない。想像しようと思っても、人が人と殺し合う場面をまぶたに浮かべるのは怖ろしく、苦しく、辛い。

どうか、どうか、半蔵さまがご無事でありますように。若君さまと二人して、元気な顔をまたお見せくださいますように――。

瑠璃の思いに呼応するかのように、源応尼が経を唱えている声が聞こえていた。

二

永禄元（一五五八）年二月五日、三河寺部城を囲んだ元康の軍は、鈴木日向守を討ち果たした。しかも同時に、鈴木日向守と手を結んでいた広瀬《ひろせ》城、挙母《ころも》城、梅坪《うめつぼ》城、伊保《いぼ》城も討ち果たすという猛攻ぶりを見せたのであった。

「松平どの、御快挙！　無事ご生還のよし」

源応尼の元へ、松平軍勝利の報が届いた。しかも、今川義元はその見事な初陣ぶりを喜び、自らの太刀と旧領の一部返還を約束したという。

だが、使者からこれらを聞かされても、源応尼の顔は晴れなかった。

「竹千……あ、いえ、元康どのにお怪我は？」

「ございません」

「ではご一緒の岡崎の皆さまもみなご無事でしょうか？」

「はい、そのように伺っております」

「よろしゅうございましたね！　庵主さま。おめでとうございます！」

瑠璃は源応尼が喜ぶと思ったが、使者の返事を聞いてもなお、源応尼は心配な様子で、「顔を見るまでは眠れそうにない」とこぼすほどであった。

「庵主さま。そんなにご心配なさらずとも、すぐにお顔をお見せくださいますよ」

「ならよいが……。ああ、そうじゃ。何か美味しいものでも作って食べさせてやらねば。何がよいであろうか」

「若君さまの好物がよろしいかと。何がお好きなのですか？」

瑠璃の問いかけに、源応尼は少し困った顔になった。

「あの子は茄子《なす》が一番の好物なのですよ。でも、今は手には入らぬでしょう？」

確かに、二月に茄子は実っていない。

「他にはないのですか？」

「そうね……さほど食にうるさい子ではないから、どうしたものか。悩ましいこと」

源応尼は悩ましいと言いつつ、笑顔になった。孫のために膳を用意する喜びが湧いてきた様子であった。


その頃、義元へ凱旋《がいせん》の挨拶を終えた元康は、瀬名の待つ屋敷に戻っていた。

「おめでとう存じます。これで殿は押しも押されもせぬ今川の将となられました」

侍女たちを伴って迎えに出た瀬名はそう言って、元康を褒めそやした。

「松平元康ここにありと皆が申しております。父も母もそれはもう大喜びで。瀬名も鼻が高うございます」

瀬名の声はこれ以上ないというほどに明るく、高い。元康が相槌《あいづち》を打たなくても、お構いなしに、早口で次から次へと話し、周りの侍女たちがそれに呼応するように、

「おめでとうございます」「御立派でございます」と、元康を褒めちぎるのだ。

「……まぁ、これが太守さまから賜ったお刀でございますか。ほんに素晴らしいこと。よろしゅうございましたな」

元康は、自分のことで瀬名が喜ぶのを見るのは初めてであった。妻が喜ぶ顔を見るのはもちろん嬉しいことではあったが、義元から褒められたことが、これほどまでに彼女の虚栄心を満たすのだと、あらためて思い知らされた気もした。

「ああ、そうだな」

元康はそう答えながら、なにか冷たいものが背中を走るのを感じた。

もしも、戦に負けていたら、この女はどういう顔をしたのだろうか――。

だが、元康がそんな戸惑いを感じていることなど、瀬名は微塵《みじん》も思っていない様子であった。

「あとで父が雉《きじ》を持ってきてくれるそうです。今日は精いっぱいの馳走をご用意いたします。まぁ、こんなに泥が。先に湯を使われますか？　誰ぞ、殿のお着替えを」

侍女たちに命じ、嬉々《きき》として世話を焼こうとする瀬名の顔を見ていられず、元康は立ち上がった。

「出かけてくる」

「どちらへ？」

瀬名はあからさまに不満な顔になった。

「おばばさまのところだ。心配されているだろうから、顔を見せてくる。すぐ戻る」

そう言い残し、元康は半蔵一人を供に外に出たのであった。


「よろしかったのでございますか？」

半蔵が心配そうに尋ねてきた。

「あれほどお喜びの御方さまは初めて見ましたので」

半蔵もまた、瀬名の喜びようが驚きだったようだ。それを放ってきてよいのかと言いたい様子だったが、元康は無言のまま馬を走らせた。

自分でもなぜあの場を逃げ出したくなったのか。うまく説明ができない。冷たくあしらわれるより、嬉しいと言われた方がよいに決まっているはずなのに、なぜ、こうも疎ましいのだろうか――。

その答えはすぐに出た。

庵に入ってきた元康を見た源応尼は「よくぞご無事で」とひとこと言ったきり、感無量といった面持ちで、元康の全身を舐《な》めるように見つめてから、次に肩に手をやり、腕を取り、指の一本一本が無事であることを確かめるようにさすりはじめた。

全てを確認し終えてようやく、源応尼の顔に安堵《あんど》の笑みが広がった。

「よう頑張られましたな」

源応尼の目にうっすらと涙が浮かんでいる。

この祖母の前にいると、戦場で血と泥にまみれた身体が、清廉《せいれん》な水で洗われていくような心地がする。そうだ。私はこの包み込むような優しさが欲しかったのだ――。

「はい」と、元康は元気よく笑顔で頷いた。

「若君さま、半蔵さま、ご無事で何よりでございました！」

奥から元気な声がして、瑠璃が出てきて、半蔵も嬉しそうな顔になった。

「そろそろいらっしゃる頃ではないかと、庵主さまとお話ししていたのですよ」

「そうか」

それならば、やはり来てよかったと元康は思った。ほっそりと痩《や》せ細った源応尼の手はまだ元康の手を握っている。

何やら旨そうな匂いが漂ってきた。半蔵もそれに気づいたのか、首を伸ばして、台所を窺《うかが》っている。

「お腹《なか》が空いているのではありませんか？」

お気遣いは無用ですと、元康は答えようとしたが、先にぐーっと腹の虫が鳴った。

「まぁまぁ、正直なこと」

源応尼は微笑むと、瑠璃にすぐに食事の支度をするように命じた。

「お前が来たら、何か食べさせてやろうとあれこれ考えていたのですよ。でも、今の時期、好物の茄子はないし、どうしたものかと困ってしまって」

「私なら、何でも」

「そう言うと思って、このようなものしかないが……」

と、源応尼が用意してくれたのは、野菜がたっぷり入った味噌煮込みであった。

「茄子の次にお前の好きなものを考えていたら、味噌ぐらいしかないと思ったのです」

「それは何よりの馳走です」

元康が好むのは、米を使わず大豆と塩、水だけを発酵熟成させて仕込む豆味噌である。濃い赤茶色が特徴で、一見辛そうに見えるが塩分はさほど高くない。米を使っていないので、糖分も高くなく、甘味も控えめなものだ。滋養に富み、米味噌は煮込むと風味が飛んでしまうが、豆味噌は煮込めば煮込むほどに旨味を増す。

「味噌は腹中を寛《くつろ》げ、気を益《ま》し、脾胃《ひい》を調え、心腎《しんじん》を滋《しげ》し、四肢を強く髪を黒くし、皮膚《ひふ》を潤《うるお》すと申します」

と、瑠璃が自慢げに言うので、元康は思わず、「どうせ書物の受け売りであろう」と茶化した。ちょっとふくれ顔になるのが可愛らしい。

「旨そうだな。半蔵、いただこう」

と、元康は半蔵を誘って、旨そうに湯気を立てている椀《わん》に手を伸ばした。

たっぷりの野菜を加えた汁椀《しるわん》はさらに滋味に溢れ、疲労回復効果は抜群である。

元康は一口すすっただけでも、身体の芯が溶けたような心地になり、疲れきった身体の底から気力が湧いてくるように思えた。

「ああ、旨い！」

元康が感極まった声を出すと、半蔵も「まことに！」と応じ、ものすごい勢いで飲み干した。

「たくさんございますから、お代わりなさってくださいね。お疲れが取れますから」

瑠璃は二人の食べっぷりを喜び、空になった半蔵の椀に手を伸ばそうとしたが、半蔵は元康を気にして椀を出さずにいた。

「おい、遠慮などするな」

「ではお先に。……たっぷり盛ってくれ」

「はい」と、瑠璃は笑顔で半蔵の椀を受け取った。

「殿さまも精をおつけになって、次はお世継ぎさまをもうけねば、ですよ」

お代わりを待つ間に半蔵が要らぬことを言い出し、元康は思わずむせた。

「世継ぎ？　な、何を」

咳《せ》き込む元康の背を源応尼が優しくさすった。すると、半蔵はすまし顔で、

「照れることはございますまい。仲はおよろしいのですから」

「半蔵、その話はまことですか」

と、源応尼が尋ねた。

「はい。それはもう。さきほどもお方さまは甲斐甲斐《かいがい》しく殿さまのお世話を」

「黙れ！」

元康が怒ると、瑠璃が不思議そうな顔になった。

「なぜ仲がよいと言われてお怒りになるのですか？　変な若君さま」

「お前も黙れ。それにもう若君とは呼ぶな！」

「ではなんとお呼びすればよいのです？」

「殿さまだ、殿さま」

と、元康の代わりに半蔵が答えた。

「お代わりを」

源応尼がわざとらしくかしこまって、元康の椀を取り、自らお代わりをつけた。

「殿さま、どうか、この婆《ばば》の目が黒いうちに、可愛いひ孫を見せてくださいませ」

「おばばさままで、そのように。もうぉ」

「よいから、ささ、たんと召し上がれ」

微笑む源応尼には何も言えなくなる。元康は仕方なく、差し出された汁椀を受け取ると、無言でかっこんだのであった。

三

永禄二（一五五九）年三月六日、元康と瀬名との間に初めての子が誕生した。幼名を竹千代と名付けられたこの子がのちの信康《のぶやす》である。

源応尼は高齢のせいか、年の初めから寝込むことが多かったが、ひ孫の誕生を喜び、すぐさま、元康の館へ出向きたいと言い出し、瑠璃はそのお供として、初めて元康の館へ出向くことになった。

「瀬名どの、かたじけない。ほんにありがたく思うております」

源応尼は、まだ産褥《さんじょく》の床《とこ》にいる瀬名に丁寧に礼を述べてから、元康に目を向けた。

「嫡男に恵まれて、これで松平も安泰というもの。瀬名どのを慈《いつく》しむのですよ」

「ええ、わかっております」

と、元康は頷き、瀬名に微笑みかけた。

「よく頑張ってくれた」

「殿……」

世間の瀬名の評判は、今川の名を鼻にかけた高慢な姫というものだったが、瑠璃の目から見た瀬名は、子を産んだばかりの喜びに溢れた美しい母親であったし、瀬名を見つめる元康の目も優しく、幸せを感じているように思えた。

「源応尼さまにもそう言っていただき、苦労したかいがございます。どうぞ、抱いてやってくださりませ」

瀬名がそう言い、侍女頭の伊奈《いな》が源応尼にそっと赤子を手渡した。

「おお、なんと可愛いこと。可愛いこと」

小さなひ孫を抱いて、源応尼は目を細めた。

「ほら、眉の形がそなたそっくりじゃ。於大にも見せてやりたいこと……」

そう呟いた後、源応尼は「あっ」と、慌てて口を押さえて瀬名と伊奈らお付きの侍女たちに目をやった。

於大――源応尼の長女、元康の母の名である。於大は今、知多《ちた》半島にある阿久比《あぐい》（坂部《さかべ》）城の主、久松俊勝《ひさまつとしかつ》に再嫁《さいか》していた。久松は織田方で、於大の名を出して会いたいと言うことは、今川方に織田への内通、謀反《むほん》を疑わせる危険を秘めていた。

だが、瀬名の耳には聞こえなかったのか、彼女は竹千代に微笑みかけたままだ。

「……何やら血が足りておられぬご様子じゃな。食は進んでおられるか？」

と、源応尼は瀬名を気遣った。確かに、瀬名の顔色は青白い。

「それがあまり……無理にでもお勧めはしているのですが」

伊奈が恐縮した態《てい》で答えると、

「仕方がございません。元々食は細いのです」

と、瀬名が重ねた。

「そうかもしれぬと思って、産後によいというお茶を煎じさせました」

源応尼がそう言うのに応じて、瑠璃は用意してきた茶を茶碗に注いだ。

「お茶ですか？」

「ええ。この瑠璃が煎じた茶はよく効くのです」

「瑠璃はおなごのくせに、薬師になりたいそうだ」

と、元康が口を挟んだ。

「おなごのくせにはよけいです」

瑠璃は思わずいつもの調子で抗《あらが》った。それを見て、瀬名は目を丸くし、伊奈はどこの馬の骨かとでも言いたげな顔になった。

「瑠璃と申します。若君さまに、必ず薬師になってみせると申し上げました」

「さようか……」

瀬名は珍しいものを見るような目で瑠璃を見た。十歳ほどの少女がこれほどはきはきと自分の考えを言うことに驚きを隠せない様子である。

「もう若君と言うなと言っただろ」

「あ、すみません。殿さまでした」

元康にぺこりと頭を下げる瑠璃を見て、瀬名はさらに驚きの顔になった。

「すまぬ。まだ礼儀作法がなっておらぬ。後で叱っておくゆえ、許してやってくれ」

源応尼が代わりに瀬名に頭を下げた。

「けれど、茶の腕はなかなかなものなのですよ」

瑠璃が差し出した茶は薄い赤茶色をしている。

「何が入っているのですか」

と、瀬名が尋ねた。

「ナツメと枸杞、それに阿膠《あきょう》を少し。どれも血の道に効くものです」

ナツメ（大棗《たいそう》）は親指ほどの大きさの赤い実である。枸杞は小指の爪ほどの小さな赤い実で、どちらも出産後の血虚《けっきょ》に効くとされるものである。

「いずれもかの楊貴妃《ようきひ》が好んだそうな。瀬名どのには相応《ふさわ》しいと思うてな」

と、源応尼が口添えした。美女として名高い楊貴妃の名を出すと、「まぁ」と、瀬名は嬉しそうな顔になった。

瀬名は伊奈に目配せし、瑠璃から茶碗を受け取らせた。

「阿膠は確か、ニカワのことではなかったか？」

と、元康がぶっきらぼうに言った。

「ニカワ？」

と、瀬名が首を傾《かし》げた。

「牛や馬の皮や骨から作る、煮凝《にこご》りのようなものだ」

元康の説明を聞いて、瀬名は一瞬「えっ」と気味悪そうな顔になり、茶碗に伸びかけた手を引っ込めた。

「確かにそうですが、血を止め、補う効能があります。どうかご安心を」

と、瑠璃は慌てて言い添えた。

「そうなのか……でも……」

「肌を整えてくれるそうですよ。私も時々いただくのです。ご心配には及びません。でも、お嫌なら下げさせますよ」

と、源応尼が微笑んだ。

「ああ、無理をせずともよい。それとも誰ぞに毒見でもさせようか」

と、元康が言った。

「毒見などそのような」

瀬名が困った顔をしていると、伊奈が「失礼いたします」と一言告げてから、ひと匙《さじ》、茶を含んだ。それから、大丈夫ですというように、瀬名を見た。

「源応尼さまのお心尽くし、ありがたく頂戴いたします」

瀬名はおもむろにそう言ってから、茶を含んだ。

瑠璃も源応尼も心配そうな顔で瀬名の様子を窺っていた。

ゆっくりと味わうように飲んだ瀬名は、やがて意外そうな顔になった。

「……甘い……おいしゅうございます」

「よかったぁ」

瑠璃が思わず安堵の声を上げると、それに驚いた竹千代がふぎゃあと泣き出した。

「なんとする」

伊奈が瑠璃に向かって、小声できつく叱った。

「す、すみません！　ごめんなさい！　ああ、どうしたら」

慌てた瑠璃は、竹千代をあやそうとしたが、うまくいかない。

「あ〜、泣いてはなりません。ああ、笑ってくだされ！」

必死になって、あやそうとするのだが、うまくいかない。なのに、元康は笑いを噛み殺している。

「赤子は泣くもの。放っておけ」

「そんな！　庵主さま、どうしましょう。お方さま、どうか、どうかお許しを」

問われた源応尼がおかしそうに笑い、瀬名も仕方ないという顔で微笑んだ。

やがて、赤子はキャッキャと笑い始めた。

「ほら、笑ってくだされた。よかった。ああ、なんと愛らしいこと」

瑠璃がそう言うと、赤子は嬉しいらしく、さらに笑顔を振りまく。

元康や源応尼はもちろん、瀬名も侍女たちも和らいだ表情になり、赤子を囲んで、束の間、幸せなときが流れていた。

それからしばらくしてからのことである。

源応尼の庵に、モウォという牛の鳴き声と共に訪れた人物がいた。風来の名医、永田徳本である。

「先生！」

瑠璃はもちろんのこと、源応尼も久方ぶりの再会を喜んだ。

「先生と庵主さまがお知り合いとは知りませんでした」

「於大さまがちょうど瑠璃と同じような年頃にお会いして以来かな」

瑠璃の問いに、徳本がそう答えた。かれこれ二十年の付き合いということだ。

「そうなりますね。とはいうものの、いつどこから来てどこへ去られるのか、今でもよくわからぬ御仁じゃ」

源応尼が微笑むと、徳本は恥ずかしそうに頭を掻《か》いた。頭の上がらぬ姉か母に会ったような具合である。

「駿府へは何かご用で？」

「いえ、特には。あぁ、ただこの子がこちらにいると聞いておりましたので、ちょっと寄ってみようかと」

そう答えてから、徳本は瑠璃に向き直った。

「勉学は進んでおるかな？」

「はい。先生からいただいたご本は全て暗記いたしました」

「ほうぉ」

「この子はよくよいお茶を煎じてくれます」

と、源応尼も口を添えた。

「役に立っているのであれば、よかった。では瑠璃、もう少し難しい本を読んでみるか？　お前さえその気なら、送ってやろう」

「はい。ぜひに！　すぐに写してお返しいたしますから」

と、瑠璃は即答し、徳本は目を細めて瑠璃を見た。

「先生、しばらくはご逗留《とうりゅう》いただけるのでしょう？」

瑠璃が滞在を願うと、

「いやぁ、女ばかりの庵にお邪魔するのもなぁ」

と、徳本は遠慮した。

「そのようなこと、どうぞご遠慮なさらず。瑠璃の茶を飲んでやってください」

源応尼もそう言って、旅装を解くように勧めたときであった。

「庵主さま！　庵主さまはおられますか！」

表で何やら焦った様子の声が聞こえた。

「あ、半蔵さまです！」

と、瑠璃はすぐさま表へ出た。やはり声の主は半蔵であった。半蔵は殆《ほとん》ど寝ていないとみえて、目の下に隈《くま》を作り、髪も乱れたままだ。

「どうかなさったのですか？」

瑠璃が問いかけても、半蔵は自分のことはどうでもよいというように首を振った。

「源応尼さまは？」

「奥にいらっしゃいますけれど、今ちょうど徳本先生が」

「何、徳本先生がいらっしゃるのか！　あの牛はそういうことか！」

半蔵は嬉しそうな顔になった。半蔵も浜松の庄屋鈴木権右衛門の屋敷で徳本には面識があった。

「それはよかった。助かる」

「どうしたのです？　お屋敷で何かあったのですか？」

「ああ。それが……」

奥から源応尼が姿を現した。後ろに徳本がついてきている。

「……半蔵ではないか。何か用か」

「庵主さま、徳本先生、どうかお助けください」

「おぉ、半蔵か。久しいな。病人でも出たか」

「はい。そうなのです。熱を出されたのです。それでこちらに」

「若君がか」

赤子が病に罹《かか》ったのかと慌てた源応尼に半蔵は、

「いえ、そうではなく。熱を出されたのは殿さまです。二日前から寒気がすると仰せになり、みるみるお熱が……」

「そばに医師はおらぬのか？」

と、徳本が尋ねた。

「今川のお医師がおりますが、殿さまは医師も薬も要らぬと仰せで」

半蔵が困り果てた声を出している。

「また、薬を飲もうとしないのですね」

と、源応尼も困ったものだという顔になった。

「以前にも薬が嫌いだと仰せでしたが、どういうことですか？」

と、瑠璃は思わず口を挟んだ。

「いや、それはそのぉ……」

何か難しい事情があるのか、半蔵が戸惑いがちに源応尼を見た。

源応尼は小さく頷くと、瑠璃に向き直った。

「あの子は、薬を飲むと、自分の代わりに誰かが死ぬと思っているのです」

「えっ……どうしてそんな」

「あの子の看病をしていた乳母が死んだからです」

源応尼は、元康が尾張《おわり》にいた頃、疱瘡《ほうそう》にかかり生死の境をさまよったと話し出した。

「そのとき乳母が、己はどうなってもよいからと、神仏に願をかけたのです」

「まさか、そんな！　乳母どのが身代わりになられたのですか」

瑠璃が驚きの声を上げた。

「神仏がそんな無慈悲なことをなさるはずもない。けれど、乳母は看病の疲れが出たのでしょう。あの子が治ってまもなく身罷《みまか》ってしまって……。あの子は自分が病を治そうとすると誰かが死ぬ。そう思い込むようになってしまったのです」

源応尼は切なげに吐息を漏らしてから、半蔵に目をやった。

「今、元康どのの看病は誰がしているのじゃ？　瀬名どのか？」

「いえ、もしも流行《はや》り病であったなら、若君に伝染《うつ》しては大変と、殿さまがお方さまも侍女も近づけようとしません。私や近習の者ですら、嫌がられる始末です」

「では食事はどうされている」

「熱が高いせいか、粥《かゆ》も口を通らぬご様子で、……要らぬと。どうせ、自分はじきに死ぬのだからと、そのようにも仰せで」

「何を馬鹿な……」

と、源応尼は眉をしかめた。

「まさか、あの子は、父の歳を超えられぬと思っているのであろうか」

「どうもそのようでございます。熱を出される前ですが、竹千代が大きくなるまで私は生きていられるだろうかなどと仰せになったことがあって……」

半蔵はほとほと弱り果てた様子だ。

「松平どののお父君は確か、二十半ばで亡くなられていたな」

と、徳本が源応尼に尋ねた。

「はい。あの子の父は二十四で、祖父も二十五で亡くなっております」

「今、松平どのはおいくつで」

「十八にございます」

「血気盛んな歳ではないか」

と、怒った徳本を、源応尼は救いを求めるように仰ぎ見た。

「お願いでございます。どうかあの子を助けてやってくださいまし」

「……私が行っても嫌がるかもしれませんぞ。薬を飲まぬとなったら、手の施《ほどこ》しようがないかもしれんし」

と言いつつ、徳本はもう出かける気満々の様子であったが、すぐに「しまった」と小さく舌打ちをした。

「半蔵、悪いが浜松まで一走りしてくれぬか」

「いかがなさいました」

「解熱に使うものを切らしてしまっていてな。京から権右衛門どのの元へ届けてもらう手筈《てはず》はつけてある。そろそろ届いてもよい頃なのだが……」

届いたという連絡はまだ来ていないと困り顔の徳本に、源応尼が尋ねた。

「駿府にはないお薬なのですか？」

「あるにはあったが、品がよくなく、さて、どうしたものか」

じっと話を聞いていた瑠璃は首に提げていた小さなお守り袋を取り出した。

「先生、なれば、これを」

差し出したお守り袋の中に入っているのは、『紫雪』と記された薬包《やくほう》であった。

「しかし、これは……」

「よいのです。お使いください」

躊躇《ためら》う徳本に、瑠璃は頷いてみせたのだった。


元康は高熱にうなされながら、不思議な夢を見ていた。

そこは一面に黄色い菜の花が咲く野原であった。ぬくぬくと暖かく歩いているだけでも汗ばむほどの陽気だ。

「竹千代さま。どちらです？　竹千代さま」

後ろから懐かしい声がした。あれは……そうだ。乳母のマツだ。

「マツ……」

返事をしようとしたが、声が出ない。だが、マツはすぐさま見つけてくれた。マツが両手を広げて抱きとめてくれると、大好きな甘い薫りが胸いっぱいに広がる。

ああ、マツだ。マツの薫りだ。

「あれ、何やら熱うございます。お熱があるのでは」

マツの優しく柔らかな手が両の頬を包み込む。

熱、熱があるのか……。そういえば身体中に赤い発疹《ほっしん》が出てきて、痛痒《いたがゆ》い。

誰かが「疱瘡じゃ！」と叫ぶ声がした。

「逃げろ」「大変だ。死んでしまうぞ」

いつの間にか辺りは暗くなり、怖ろしい声だけがあちこちから聞こえてくる。

震えていると、またマツの優しい声がした。

「大丈夫でございます。マツが必ずお救いいたしますゆえ」

「マツ……マツ」

いつしかマツが神仏の前で祈っていた。

「どうぞ、どうぞ私の命に代えて、若君さまをお救いくだされ」

マツの姿がどんどん遠のいていく。

「駄目だ。マツ……どこへも行くな、マツ！」

袖を摑んだ瞬間、ふわっとマツの姿が消えた。


元康は熱に冒《おか》された赤い顔で、「マツ……マツ」と苦しそうに呟いた。

瑠璃は、水で濡《ぬ》らした布で、そっと額に浮かんだ汗を拭《ぬぐ》いながら、源応尼が教えてくれた話を思い出していた。

マツというのは、身代わりになって死んだという乳母のことだろうか。

殿さまは三歳のときに母上さまと離されたと聞く。乳母のことをきっと母上さまのように慕っていたのだ――。

「行くな……」

突然、元康の手が瑠璃の腕を掴んだ。

「だ、大丈夫ですか」

「お、お前は……」

目も半分しか開かず、まだ朦朧《もうろう》としている声だ。それなのに、元康は床から起き上がろうとする。

「殿、ご気分は。何かお飲みになりますか」

と、脇に控えていた半蔵が身を乗り出し、元康を支えた。

「あぁ、半蔵か……うっ、瑠璃ではないか。何をしている。看病は不要と言ったはず」

痛みもあるのか、元康は顔をしかめ、弱々しい声であちらへ行けと手を振った。

「誰も、誰も……私の看病をしてはならぬ」

「そうはまいりません」

「源応尼さまがお遣いくださったのですよ」

と、半蔵が口を添えた。

「お前はまた要らぬことを……帰れ！」

そこにやってきた徳本が、元康が振り上げた腕を取った。

「まだ怒る気力はあるようだな」

そうして、徳本はそのまま「どれどれ」と、脈を取り始めた。

「だ、誰だ」

「徳本先生です」

と、瑠璃が答えた。

「先生……医師など要らぬ」

と、元康は徳本の手を振り払ったが、徳本は怒りもせずゆっくりと微笑んだ。

「わかっておる。わかっておる。医師も薬も要らぬのであろう。だがな。薬は飲んだ方が楽だぞ。これを飲めばすぐに熱は下がる」

徳本は『紫雪』の薬湯椀《やくとうわん》を差し出したが、元康はぎゅっと唇を閉じ、横を向いた。

「頑固者じゃなぁ。誰に似たのだ。父上かな」

私の何を知っているのか、と言いたげに元康は徳本を睨みつけた。

「ほぉ、睨む気力もまだある。後はこの薬を飲んで眠るとよいのだが」

そう言われると、元康は、今度は目を閉じた。

「しようのない奴だな。それほどまでに、乳母が死んだのが怖かったか」

「何ぃ」

徳本の言葉を聞いて元康は目を開け、ぐいっと半蔵を睨みつけた。

「お前か」

半蔵は慌てて首を振った。

「半蔵さまではありません。庵主さまからお伺いしました」

と、瑠璃は割って入った。

「若君さまの看病をなさった乳母どのが亡くなってしまわれたと」

「黙れ……それに……若君と言うなと何度言えば」

「いえ、黙りません。それからは、熱が出てもお薬を飲もうとなされぬと」

「わかっているなら、帰れ」

だが、瑠璃はけっして帰らないというように元康をひたと見つめた。

「このお薬をお飲みになって、お熱が下がるまではお側を離れません」

元康は嫌々と首を振った。

「……半蔵、こいつを連れて外に」

半蔵もまた首を横に振った。

「主人の命令を聞けぬとは……はぁ、はぁ……」

熱がまた上がってきたのか、元康の息が荒くなった。

「ほれ、辛抱せず、薬を飲め」

と、徳本が勧めた。

「乳母が死んだのはお前のせいではない。薬を飲んだからといって、他の者が死ぬと決まったわけではなかろう」

「死なぬと、決まった、ものでも、ない」

元康は弱々しい声ながら駄々っ子のように屁理屈《へりくつ》をこねた。

「それはそうだ」

と、徳本が微笑んだ。

「人はいつか死ぬ。必ずな。だが、それまでは懸命に生きるのが、先に逝《い》った者たちへの礼儀というもの。違うか？」

元康が言い返せないのを見て、徳本は続けた。

「だいたい、お前は、薬は要らぬというが、食薬同源というてな。我らが口にするもの、全て我が身のためになるものだ。その中でも特に効き目のあるものを薬と呼ぶ。

薬を絶つとは食を絶つに等しい。お前はこれから一生喰《く》わずに生きていく気か」

「どうせ……どうせ、私は、じき、死ぬ」

「殿、そのような弱気はおやめください」

半蔵は半泣きになった。

「さすがにそれは聞き捨てならん」

と、徳本が厳しい口調になった。

「子が産まれたばかり。仕えてくれる家臣もおる。まだ死ぬわけにはいかぬであろうに、自ら死を求めるようなことを言ってどうするのだ。たとえ、父や祖父が早死にしたとて、己はその倍も生きてやろうと思えばよいではないか！　この戦国で寿命が尽きればすなわち負けだ。それは骨身にしみているはず。お前は、我が子を自分と同じ境遇にする気か！」

徳本の言葉に、元康はぎゅっと唇を噛んだ。

「その通りでございます。殿、どうかお薬を一口でもお飲みください」

と、半蔵が頼み込むように頭を下げた。

「これは瑠璃の心尽くしの薬なのです」

「半蔵さま、その話は」

恩着せがましくなるのを嫌った瑠璃は首を振ったが、続けて徳本がばらした。

「いや、言うてやればよい。よいかこれは紫雪という妙薬。誰もが飲める品ではない。しかも、瑠璃にとっては唯一、父の手がかりとなる宝だ。それをお前のために使ってもよいと言ったのだ。ありがたく飲まぬか！」

それだけ言われても、元康は薬湯の入った椀に手を伸ばすのを躊躇っていた。

その様子を見ているうちに、瑠璃はなぜだか腹が立ってきた。

「殿さまは贅沢です」

「何ぃ」

「お薬が欲しくても飲めぬ人もいるのに、これほど生きてほしいと願う人がいるのにわからずやの大馬鹿です」

「やめろ、瑠璃」

と、半蔵が止めてきたが、瑠璃は口を閉じなかった。

「殿さまがお薬を飲んで、誰が死ぬというのです。乳母どのが身代わりで亡くなられたのが本当だとしても、今のこのご様子をお知りになれば、きっと悲しまれます」

「お前に何がわかる」

「わかります！」

瑠璃は懸命に続けた。

「私の母は……母は私の身代わりになって斬られて……死んでしまいました。でも、生きよと。私には何があっても生きよと。……だから、だから……私にはわかります」

薬を飲んでほしいと言いたいだけだったのに、母と口にした瞬間に切なさが胸いっぱいに広がって、涙が溢れた。

泣きたくはないのに、涙が止まらない。こぼれてくる涙で言葉が続かない。

「だ、だから……お、お薬を」

瑠璃がしゃくりあげているのを見て、半蔵がおろおろとしている。

徳本が優しく瑠璃の背をとんとんと叩きながら、元康に目をやった。

元康がわかったというように深く息を吐いた。

「……もういい。飲めばよいのであろう。わかった」

「ひくっ……ひくっ……の、飲んでくださるのですか」

「ああ、わかったから、もう泣くな」

元康は徳本から椀を受け取ると、ようやく薬湯を口にした。

「……ほら、飲むからな。これでよいか。満足か」

「は、はい……全部、全部です。の、残してはなり、ません」

しゃくりあげが止まらない瑠璃に命令されつつ、元康は渋い顔で最後まで飲み干した。

「ハハハ、泣く子と地頭には勝てぬとはよう言うたものだなぁ」

と、徳本は愉快そうに笑い、半蔵もほっとした顔で頷いた。

薬を飲み終えた元康を見て、瑠璃にもようやく笑顔が戻ったのであった。

三　桶狭間

一

　永禄三（一五六〇）年五月六日、瑠璃にとって大変悲しい出来事があった。

　わずか三年半ほどの月日だったが、瑠璃を本当の孫のように慈《いつく》しんでくれた源応尼が亡くなったのである。享年六十九。弱り気味だったとはいえ、あまりにもあっけなく、まだ眠っているだけと思いたくなるような、そんな死であった。

　もちろん、松平元康にとっても、祖母・源応尼の死は大きな衝撃であった。八歳で今川へ来てから、十九歳の今まで、母になりかわり、見守り続けてくれた肉親だったからである。

　行き場所をなくした瑠璃に元康は、自分の屋敷に来るように勧めた。

「瀬名にお前の茶を飲ませたいのだ。よい子を産んでもらわねば困るからな。それにお前は私の命の恩人だ」

　瑠璃が出した薬を飲み、元気を取り戻した元康は、今では大の薬好き、茶好きになっていた。野草にも興味を示し、瑠璃や半蔵と共に薬学書を読むことも増えている。

そして正室の瀬名は、第二子を身ごもっていて産み月まであと少しになっていた。

「おばばさまのような女の子が生まれてくれれば、嬉しいものだが……」

元康が、瑠璃の前でぽつんとそんな呟《つぶや》きを漏らした。

「きっとよいお子がお生まれになります」

瑠璃はそう言うのが精いっぱいであった。


その頃、諸国の状況はまさに乱世、群雄割拠の様相を呈していた。

諸大名を統率するはずの室町幕府十三代将軍足利義輝《よしてる》（二十五歳）は、畿内での戦いを鎮めきることができず、時の帝《みかど》正親町《おおぎまち》天皇（四十四歳）にも力はなかった。

実権を握っているのは、将軍義輝の臣下であるはずの三好長慶《みよしながよし》（三十九歳）で、京を除く畿内の殆《ほとん》どは長慶の影響下にあり、義輝はその傀儡《かいらい》にすぎなかったのである。

今川義元（四十二歳）はこうした状況を苦々しく思っていた。というのも、義元の今川家は、室町将軍家から御一家（親族）として遇された吉良《きら》家の分家にあたる名門。

つまりは、義元は征夷大将軍《せいいたいしょうぐん》となってもおかしくはない家柄の出なのであった。

人生五十年と謳《うた》われた時代、四十二歳の義元にとって、天下を狙える時はあと少ししかない。だが、駿河《するが》から京へ上り、三好長慶と相対するためには、先に他の多くの戦国大名を付き従わす必要があった。

義元は、隣国相模《さがみ》の北条氏康《うじやす》（四十六歳）、甲斐の武田信玄（四十歳）相手には政略結婚を繰り返すことで甲相駿《こうそうしゅん》三国同盟を結び、互いに攻撃し合わず、同盟国が他から攻撃されたら援軍を出すという約束を交わし、後顧の憂いを消し去っていた。

しかし、越後《えちご》の長尾景虎《ながおかげとら》（のちの上杉謙信《うえすぎけんしん》・三十一歳）、越前《えちぜん》の朝倉《あさくら》、近江《おうみ》の浅井《あざい》は脅威であったし、京より西には出雲《いずも》の尼子《あまご》、土佐《とさ》の長宗我部《ちょうそかべ》、安芸《あき》の毛利《もうり》、肥前《ひぜん》の龍造寺《りゅうぞうじ》、豊後《ぶんご》の大友《おおとも》、薩摩《さつま》の島津《しまづ》……等々有力大名がひしめいていた。

この頃、三河の隣、尾張の織田信長（二十七歳）はまだ有力大名ではなかった。しかし、この信長が今川支配下の三河国境で、不穏な動きを見せ始めた。

義元は、伊勢《いせ》湾に面した大高《おおだか》城と鳴海《なるみ》城を東海道の重要拠点として位置付けていたのだが、信長はこれらの城を囲むように、五つも砦《とりで》を造ったのである。

だいたい信長はその少し前から、水野信元（於大の異母兄・元康の伯父）らと手を結び、駿河を窺う気配を見せていた。前年には尾張守護職を得るために上洛《じょうらく》し、将軍家へ謁見《えっけん》もした。何かと勝手な振舞が過ぎるのだ。

それまでは信長のことを、目障《めざわ》りな小倅《こせがれ》ぐらいに考えていた義元だったが、これ以上の増長は許しがたかった。出る杭《くい》は打っておかねば。それに、信長を打ち負かし、尾張を手中に収めておけば、京へもすぐに上れるではないかと考えたのである。

ただその場合、気になるのは越後の長尾景虎の動きであった。しかし、うまい具合に、景虎は信玄と川中島を挟んで睨《にら》み合いの真っ最中であった。義元が西へ動いたとして、その間に今川の領土へ攻め込む余裕はないはずであった。


五月十二日、義元は駿府を出立した。率いるは総勢二万を超える大軍――。

小倅の信長相手には過ぎた軍勢ではあったが、義元にとって、この戦は織田との戦いというより、他の大名に己の軍力や権威を知らしめることが大事であった。塗輿《ぬりごし》に乗ったのも足利将軍家に連なる名門であることを示すためであった。

この行軍の先頭には元康ら岡崎衆の姿があった。

堂々とした進軍の中にあって、元康は独りふーっと深いため息を漏らしていた。

元康の愛馬も主人の鬱屈がわかるのか、どことなく元気がない。

そんな元康を半蔵が心配そうに見守っていた。

どうなさるおつもりであろうか――。

源応尼を亡くした悲しみがそうさせるのではない。半蔵には、元康がため息を漏らす理由がわかっていた。

源応尼が亡くなる少し前、元康の元に、実母・於大からひそかに文が届いた。

それまでにも折に触れて於大から便りは届いていた。半蔵自身が受け取って持ち帰ったこともあった。それらは日々の徒然《つれづれ》と共に、元康の婚礼や孫の誕生を祝い、母親として側にいられぬことを詫《わ》びるもので、「母上はまた謝っておいでだ」と、読み終えた元康は苦笑いを浮かべながら、その文を見せてくれたものだった。

文の最後には、武運長久《ちょうきゅう》を願う言葉は記されてあったが、「会いたい」という文字はどこにもなかった。書いたところで無駄だとわかっていたからだろうか。

だが、今回の文はこれまでとは違い、特別だった。

まず、文を持参したのが、於大の異母兄・水野信元の配下で、浅井六之助《ろくのすけ》という男であった。人目を避け、農民に身をやつし、ひそかに駿府に入った六之助を、鷹狩の途中で、元康に会わせるように手配りしたのは半蔵である。

六之助は、於大の文を手渡す際に、信元からの口上を述べた。

「主はこう申しておりました。『甥《おい》と戦う気はない。於大と共に三河にお戻りになる日を心待ちにしている。そして、織田さまもそれをお望みである』と」

つまりは、元康に織田方への寝返りを促すものであった。そして、於大の文には

「ひと目お会いしたい」と記されてあったのだ。

「なるべく早く、よきお返事を願わしゅう」

そう言って、六之助は帰っていったのだが、元康はなかなか返事をしなかった。いや、返事をしたくてもできない――この誘いが元康にとってかなりの難題であることは、半蔵にも十分察しがついた。

元康にとって織田信長は幼少時に遊んでもらった親愛を感じる相手。伯父である水野信元ともできれば戦はしたくないのは当然のことだ。三河岡崎へもいずれ戻りたいと考えているのは、痛いほどわかる。しかし今川の姫である瀬名を娶《めと》り、義元の一門とみなされている今、織田方へ寝返ると答えるのは容易ではない。

かといって、この申し出を蹴ったらどうなるのか。

信長は怒らせると何をするかわからない。いや、今川にしても、裏切りを許すはずはない――答えを出しあぐね、返事を先延ばしにしているうちに、今回の出陣となってしまったのである。

しかも、元康は義元から、補給路を断たれた大高城への兵糧持ち込みに加え、先陣を切って丸根《まるね》砦と鷲津《わしづ》砦を攻撃するようにも命じられていた。

露払いが済んだところへ義元が悠々と入城する手筈である。義元は、元康が裏切るなど毛の先ほども考えていないのだ。

だいたい、義元は信長を難なく潰せる相手だとみなしている節があった。

「太守さまは六年前のことをお忘れなのだろうか」

半蔵は、輿に揺られ悠然と陣を率いている今川義元のことを思い浮かべながら、独りごちた。戦場へ行くのに、機動力のある馬ではなく、わざわざ権威を示す塗輿《ぬりごし》に乗ること自体、愚かなことだ。

六年前、知多半島の緒川城《おがわ》にいた水野信元が今川勢と争い孤立した際、信長は危険を顧みず出陣し、信元を守った（村木砦《むらき》の戦い）。このとき、信長は鉄砲で今川勢を追い払った。誰よりも早く鉄砲の優位性を認め、戦に使ったのが信長だった。昨年の上洛の際にも、信長は京から堺《さかい》へと向かい、最新式の鉄砲を入手したに違いないのだ。

織田は四千ほどの兵力だときく。だとすると数の上では今川が圧倒している。

しかし半蔵は、信長という人物に底知れぬ恐怖のようなものを感じていた。と同時に、憧れにも似た思いがあった。尾張のご城下は信長の代になってから、市が盛んに立つようになり、活気に溢れ、人々が明るい笑顔をしていたからである。

信長が新しいものを好み、それを取り入れる速さ、思い切りのよさ……何もかもが従来の大名とは桁外れ《けたはず》で、周囲の者を惹きつける。それは覇者の魅力を備えているということでもあった。

その意味では、早々に今川ではなく織田につくことを選んだ水野信元には先見の明があるといえる。ただ、そのために、信元の妹・於大は松平家から離縁されることになり、元康は母と離れ離れになってしまったわけだが。

「ふぅ……」

半蔵の前を行く元康がまた大きなため息をついた。

五月も半ばになれば、蒸し暑さも相当のものだ。ただでさえ重い甲冑《かっちゅう》がよりずしりと身に食い込んでくる。気が晴れなければよけいだ。

どう決断されようとも、この殿についていく——半蔵はそう決めていたが、できれば、信長軍と正面切って戦わずにすむ方法はないものかと考えを巡らしていた。

半蔵同様に、脇にいた石川数正《いしかわかずまさ》も主人・元康が気にかかる様子で、しきりに目をやっている。

数正は元康が今川へ人質となった頃からの近侍で、今回の織田方への誘いの一件も承知していた。半蔵や元康より十歳年上とあって、落ち着きがあり頭も切れ、頼れる兄のような存在だが、少々生真面目で冗談が通じないところが玉に瑕《きず》であった。

それに引き換え、岡崎衆の中でももっとも若い本多忠勝《ほんだただかつ》は、元服したばかりの十三歳。良く言えば血気盛ん、悪く言えば落ち着きがない。初陣ということもあるのだろうが、馬を先に先に行かせようとしては、補佐役の叔父・本多忠真《ただざね》にたしなめられている始末であった。

「殿、この辺りで一度休息を取られては」

と、半蔵は元康に声をかけた。もう少し進めば、敵方の勢力範囲となる。それにこういう行軍では馬を休め、水を与えるのも大事なことだ。

「よし。ここらで一服するか。そうだ、瑠璃がくれた茶をみなに出してやってくれ」

と、元康は半蔵に告げ、馬を降りた。

戦いの前には気が異常に高ぶるものだ。それが力になる場合はよいが、力みが過ぎると焦り、不安が増し、体調を崩し、不眠や無気力状態に陥る者も出てしまう。

「それに、平常心がなくなれば、判断する力も落ちると申しますから」

出発の朝、瑠璃はまだ十一歳とは思えぬほどに大人びた口調でそう言って、いつもの煎じ茶とは別に、竹筒に何本も茶を用意したのだった。

「身体の熱を冷ます菊花も入れてみました。行軍でお疲れになったら、必ずお飲みになるように、殿さまにおっしゃってくださいね」と、念を押すのも忘れなかった。

「これは不思議な茶でございますな。何やら爽やかな心地になります」

旨そうに喉を鳴らしていた忠勝が、嬉しそうな声を上げた。

確かに爽やかな喉越しがし、半蔵も気が落ち着くのを感じることができた。

元康も兵のくつろぐ顔を見ながら、満足そうな顔で飲み干している。

「殿、ここからどうなさいますか」

右（北西）は、織田軍と対している大高城へ向かう道。左（南西）は、母、於大がいる阿久比（坂部）城へと通じる。

「うむ……」

と、そのとき忠勝が「殿！　あれを」と素《す》っ頓狂《とんきよう》な声を上げた。

「ご覧ください！　なんと美しい」

南西の空に虹のような光を帯びた雲が出ていた。

「おぉ、あれは吉祥《きつしよう》の彩雲《さいうん》にございますぞ。なんと幸先《さいさき》のよい」

と、忠真も声を上げた。彩雲は瑞雲《ずいうん》とも呼ばれ、仏教画などにもよく使われる瑞相《ずいそう》（めでたいことが起きる前兆）であった。

元康はおもむろに口を開いた。

「こののち、我らは阿久比に行ってから大高へ向かう」

それは寝返るという意味なのか、それとも違うのか、一瞬、半蔵は判断に迷った。

「……母に詫びねばならぬ」

　ということは、今川義元の命令通り、織田方を攻めるという意味だ。

　半蔵はすばやく頭を巡らせた。元康の本意がどうであれ、一行が阿久比に向えば、水野軍は織田方につくと思うかもしれない。とすれば、道中攻めてくる可能性は低い。まっすぐに大高へ向かうよりは安全であるともいえる。ただこのことが今川方にもれると厄介だが、幸い、先陣を切る役目の元康の軍は本隊にかなり先んじているので気づかれることはないと思えた。

「それがよろしゅうございましょう」

　と、数正が頷いた。

「では、私が先触に参ります」

　半蔵はそう返事をすると、すぐさま阿久比城へと走ったのであった。

二

　その頃、於大は独り、阿久比城の仏間にいた。

　このとき於大は三十三歳。十五歳で元康を産んだ後、十七歳で松平家より離縁され、二十歳のときに久松俊勝に再嫁してからの夫婦仲は良く、俊勝との間に既に三男三女をもうけていた。

しかし、於大の心を占めているのは、幼くして別れるしかなかった元康のことであった。手元にいる子たちよりも不憫《ふびん》でならないのだ。

夫・俊勝からは、昨日今川軍が出立したとの知らせを受けていた。その中に我が子元康率いる岡崎衆がいることもわかっていた。

数日前、母の源応院が亡くなったという知らせは届いたが、於大の文に対する元康の返事は来ていない。元康が織田へ組することはないということなのだ。

せめて、夫や水野勢とやり合うことがなければ。どうか元康が無事でありますように。どうか、どうかお守りくださいーー。

於大はすがるような思いで、念じ続けていたのである。そこへ、俊勝が入ってきた。武具は纏《まと》っているものの、普段通り落ち着きのある態度だ。

「出陣でございますか?」

「於大、松平どのが見えるそうな」

俊勝は微笑んでいたが、その顔と声に少しばかりの戸惑いが感じられた。

於大は一瞬、何のことかわからず、首を傾げた。

「はい？」

「ここにいらっしゃるということだ。ようやく会えるのだ」

「まことに？　まことでございますか」

俊勝の言葉が信じがたく、於大は何度もそう繰り返してしまったのだった。


数刻後、元康の軍は無事阿久比城に到着した。途中、何者かがこちらを窺う気配は感じられたものの、矢も鉄砲も発せられることはなかった。

城主の久松俊勝は、常々、元康が母・於大の手紙から感じ取っていた通り、柔和な眼差しの温厚そうな男であった。

突然の非礼を詫び、迎え入れてくれたことへの感謝を述べる元康に、俊勝は「松平どのとは親しくありたいと念じております」と応じてくれるのであった。

「あなたさまの父君、広忠どのと私は同い年。仲良く馬を並べたこともございます」

「さようでしたか」

と、元康が応じた刹那であった。俊勝はふっと廊下へ目をやり、苦笑いを浮かべた。

「来たようです。待ちわびておったくせに支度の遅いことだ」

衣擦《きぬず》れの音がして、人が入ってくる気配がした瞬間、元康はかしこまって拳を床につき、深々と首を垂れた。

「……お久しゅう存じます」

阿久比に行くと決めてからは、早くお目にかかりたいという一心だったが、いざ対面となると、なぜか急に畏《おそ》れが出て、顔を上げるのが躊躇われた。

母上とすぐにわかるであろうか。母上も私のことをすぐにわかるであろうか——。

「そのようにかしこまらず、どうぞお顔をお上げください」

と促したのは俊勝であった。顔を上げると、そこに於大がいた。十六年ぶり、顔も声も忘れてしまった母だったが、面差しには源応尼に似た清らかさがあった。

於大は言葉もなく、大きな目を見開き、ただ元康を見つめている。するとその目からみるみる大粒の涙が溢れてきた。

それを見ている元康も何も言えなくなった。あれも言いたい、これも言いたい、来るときはそう考えていたのに、胸の内に無性に懐かしさが溢れてくるばかりだ。

見つめ合う二人を見守っていた俊勝は、「ごゆっくりお話しなされ」と告げて、他の者を去らせ、自らもそっと部屋を出て行った。

「母上……」

元康が呼びかけると、於大はハラハラと涙をこぼしたが、すぐに、「よう、ようおいでになりました」と、声を発した。

「もっともっと近うにおいでください」

元康がにじり寄ると、於大もまたにじり寄り、以前、源応尼がしたように、肩、腕、手、と一つ一つ確かめるように手を添え、撫《な》でた。

「……よくぞ御立派に」

「似ておられます。おばばさま、源応院さまもそうやって、私を慈しんでくださっておりました」

「……そうか」

「最期まで凜《りん》となさっていて、まるで眠っておられるような安らかなお顔でした」

元康はつい先日亡くなった源応院の葬儀の様子などを伝えた。於大は目頭をそっと押さえ、亡き源応院を偲《しの》んでいるようであった。

「母上はお元気そうで何よりです。久松どのはよきお方ですな」

「ええ。あのようにいつも穏やかで滅多に声を荒らげることのない、優しいお方です。そなたは瀬名どのとは仲良く過ごしておられますか？　お子はお元気ですか？」

それからしばらく、元康は於大に問われるままに、瀬名や我が子のことを話した。

「元気なのはよいのですが、なかなか、親の言うことをきかぬので困っております」

「まぁ、それは困ったこと」

にこにこと微笑みながら、元康の話を聞いていた於大だったが、ふと昔を思い出したようで、こう言った。

「そなた、胞衣《えな》を埋めた後、よく踏まなかったのではないか」

胞衣とは、後産のときに排出される胎盤のことである。胞衣を埋めるのは夫の役目とされていた。

「埋めた後、よく踏まないと親のいうことをきかぬ子になると言われて、広忠どのが一所懸命、土を踏んでおられた……よい子に育てとそうおっしゃって……」

初めて知る父の姿であった。そして、遠い目をしてそう語る母の顔は美しかった。

「近頃気分が塞《ふさ》ぎがちでしたが、そなたに会えて気が晴れる思いです」

「私もです」

「そなたも？」

と、於大が心配そうに元康を見た。

「ええ、気が塞ぎがちなると腹の通じも悪くなり、困っておりました」

「まぁ、さようで」

と、於大は応えてから、ほんの少し笑みを浮かべた。

「ん？　何か？」

「いえ、妙なところが似ているものだと」

そう呟いて、於大は顔を赤らめた。

「では……母上もお通じにお困りで？」

於大は恥じらいを浮かべた顔で頷いた。それが愛らしく、元康は嬉しくなった。

「ではどうぞこれを」

と、元康は懐から、瑠璃が用意してくれていた茶の包みを取り出した。

「煎じて飲むと気が晴れます。それにお通じにもよいのです。差し上げますので是非」

「さようですか。でもそなたの分がなくなるのでは」

と言いつつ、於大は大事そうに包みを手に取った。

「私はまたいつでも作ってもらえばよいので。実は、薬師になりたいという不思議な娘がいるのです。その者が体の調子を見て作ってくれるのです」

「薬師……では薬ですか？」

「いえ、茶です。でも、薬であるともいえます」

於大は元康の返事に怪訝《けげん》な顔になった。

「そうですか。……それにしても薬師になりたいとは珍しい娘だこと。もしやそなたの想い人ですか」

於大は側室にするつもりかと問いたげだ。

「まさか。まだほんの子供ですよ」

と、元康は一笑に付した。

「けれど、確か、源応院さまは、そなたが薬嫌いで困ると」

「確かにそうでした。ですが、今は身体によいものなら拒《こば》むことはないと思うようになりました。亡くなった人の分まで懸命に生きるが礼儀。父上の分もおばばさまの分ももっともっと長生きをせねばなりませんから」

「ええ、ええ、その通りです。けっして戦で死んではなりません」

「わかっております」

「では」

織田方についてくれるのか、と於大が言おうとするのを察して、元康は首を振り、辺りをはばかるように少し声を落とした。

「……今、太守さまを裏切ることはできませぬ。人質であったとしても、私を殺さず、ここまで生かしてくれたお方です。人としての道は外したくはありません」

「その心がけは御立派です。しかし、それでは……」

於大は、三河の地はいつまで経《た》っても今川のものだと言いたげだ。

元康はその目を見つめ、はっきりと宣言した。

「けれど、いつの日か、必ず三河は取り戻します。伯父上にもそうお伝えを」

元康の決意が固いのを察してか、於大はゆっくりと頷いた。

「……以前、大樹寺《だいじゅじ》のご住職からこんな話を伺ったことがあります」

大樹寺は岡崎城近くにあり、松平家の菩提寺《ぼだいじ》であった。

「厭離穢土欣求浄土《おんりえどごんぐじょうど》……己の欲のために戦うと、国は穢《けが》れる。欲から離れ、平和な世を願い求めるなら、必ずや仏の加護を得るであろうと」

厭離穢土欣求浄土……元康は忘れぬように呟くと、深々と頷いた。

「心いたします。ではこれにて」

去ろうとする元康に、於大は「少しお待ちを」と声をかけると、庭へ下り立った。

よく手入れされた庭の一角に、鮮やかな紫色の菖蒲《しょうぶ》が咲いていた。於大はその中の一輪を折取り、懐紙にくるむとすぐに戻ってきた。

「菖蒲ですか？」

「はい。この辺りでは『花かつみ』と申します。これは母の願いです」

差し出された元康はありがたく押しいただいた。

「花が勝つ身か。縁起のよい名ですね」

「ええ。ご武運をお祈りしております。けっして無理はなされぬよう」

母の切なる祈りを受けて、元康は阿久比城を後にしたのであった。


大高城へ兵糧を届けた元康らは眠ることなく、夜明け前から丸根砦と鷲津砦を攻めに取り掛かった。敵の寝こみを襲う計画はうまくあたって、難なく砦は落ちた。

何かがおかしい――。阿久比の城に向かったときもそうだったが、今のあまりにもあっけない勝利に、元康は懸念を抱いていた。

「奇妙だとは思わぬか」

元康の問いに、数正が答えた。

「確かに。何か織田方で動きがあったのかもしれません」

それを受け、半蔵が「手の者によりますと」と、口を開いた。

「織田どのはさきほど、わずかな手勢だけで熱田神宮《あつたじんぐう》に向かわれたとのこと」

今川の大軍が押し寄せてくるとわかっていれば、清洲《きよす》城で籠城し迎え撃つのが常套《じょうとう》手段といえた。だが、信長は城を出たという。

「いったい何をお考えなのか……」

「織田どののこと、どう仕掛けてくるか、読むのは難しゅうございます。ともあれ、一度、兵を休ませませんと」

常に冷静な数正は周囲の状況をよく把握していた。勝利したとはいえ、寝ずの戦いで兵は疲弊していた。死者こそいないものの、手傷を負った者は多い。

初陣の功を焦った忠勝などは無謀にも敵に一人でかかっていき、あわやというところで、叔父の槍に助けられたものの、身体のあちこちに傷を負っている。特に腕の傷は深いとみえ、傷口を縛った布は血で染まっている。

「これぐらい、なんのことはございません」と強がっているが、無理はさせられない。

「殿。急いだ方がよろしゅうございましょう。じき、空が崩れます」

と、半蔵が進言した。

朝の陽ざしは眩しいほどだが、その陽を取り巻くように白い環が出ている。天気が崩れるとは思えないほどだったが、半蔵の空読みは外れたためしがない。

「日暈《にちうん》……いや、白虹《はっこう》日を貫けり、か」

ぽつんと、数正が呟いた。

「白虹日を貫けり」は、秦《しん》の始皇帝《しこうてい》が暗殺されそうになったとき、太陽を取り巻く白い虹が現れたことから、内乱が起き世の中が乱れることを指す不吉の兆しであった。

「ともかく急ごう」

元康は大高城へ一旦引き上げるように兵に命じたのであった。


大高城に戻ったばかりの元康らの元へ、城の主、鵜殿長照《うどのながてる》がやってきた。

「ハハハ、織田はなんと腰の引けた者どもよ。我らに恐れを抱いたのであろう」

長照は、まったく戦場に出ていないくせに、まるで自分が大将のような口ぶりで笑った。笑った口がお歯黒に染まっているのを見て、元康はやれやれと苦笑を浮かべた。

長照の母は今川義元の妹。彼は瀬名の従兄妹にあたり、今川一門の中でも優遇されている男である。瀬名同様に気位の高さは相当なもので、元康ら岡崎衆のことも、自分の下僕のように思っている。その証拠に、長照は労《ねぎら》いの言葉の代わりにこう命じた。

「これより善照寺砦《ぜんしょうじ》へ向かうように。急ぐがよいぞ」

「お待ちを。まだ朝餉《あさげ》もいただいておりません」

元康は粥《かゆ》の用意ぐらいしてくれて当然だろうと、長照を見た。そちらの兵の代わりに戦ってきた岡崎衆へのせめてもの礼儀だとも思った。それなのに座敷《ざしき》に通そうともせず、追い払うように出陣しろとは、馬鹿にするにもほどがある。

「朝餉？　我らは昨日まで粥も飲めずにいた。松平どのの手勢ならまだまだ戦えよう。よく言うではないか、朝飯前と。ハハハ」

　誰が兵糧を持ってきてやったと思っているのか、そう言いたいのをぐっとこらえて、元康は、「せめて兵に傷の手当を」と頭を下げた。だが、長照は事もなげに告げた。

「急げとは、三河守さまからのご命令だぞ」

「三河守……」

「太守さまは去る八日、朝廷より三河守のご任官も得られたのよ。めでたかろう」

　元康には背後にいた岡崎衆が息を呑《の》んだのがわかった。血気盛んな忠勝を忠真が必死に抑えているのも目の端に入った。と同時に、他の者たちもみな同じ気持ちでいるであろうことが痛いほど、胸に突き刺さってきた。

　三河守とは文字通り三河を守る者という意味だ。三河は松平家が代々守ってきた土地。岡崎の城が今川の手の中にあり、元康が今川の一門に下っているとしても、岡崎衆にとって、三河は我らのものという意識が強いのだ。

　殿はなんとお答えなさるのか——岡崎衆からの無言の圧力が元康にかかった。

「のう、喜ばしい限りであろうが。では、急がれよ」

長照のお歯黒をした顔が、義元のそれに重なった。口は笑っていても目は冷たい。

元康は目を閉じ、大きく息をついた。と、その刹那であった。バラバラと音を立てて、雨が降り始めた。雨脚は勢いを増し、みるみるうちに辺りは煙ったように白くなっていく。雨だけではなく、雹《ひょう》も交じっているようだ。

元康はどかっと廊下に腰を下ろした。

背後の者たちも元康にならい、腰を下ろしたのを見て、長照が焦った声を出した。

「な、何をしている」

元康はゆっくりと外を見上げ、それからやんわりと長照を見た。

「雨が上がるまでは我らはこちらにて過ごさせていただきます」

「しかしそれでは」と、不満を述べようとする長照の口をふさぐように、激しい閃光《せんこう》が走り、耳をつんざくような雷鳴が轟《とどろ》いた。

「……おおぉ！」

怖ろしげに耳を押さえ、長照は奥へと走り去ったのであった。

それから数刻後、雷よりも激しい知らせが大高城を揺るがした。

「太守さま、無念のご最期！」

織田軍により、今川義元が討ち取られたという知らせであった。

「ま、まさか……」

知らせを聞いた長照は一瞬、呆けたような薄ら笑いを浮かべたが、我に返ると後の動きは速かった。勢いに乗った織田軍が攻め寄せてくることを察知するや、すぐさま大高城を捨てて、本領である三河上之郷《かみのごう》城へと逃げ去ったのである。ありがたいことに元康たちのことは構っていられないと言わんばかりの勢いであった。

元康もすぐに岡崎衆を率いて大高城を出た。

柱である義元を失った今川軍が、統率が取れないままバラバラになり、自滅の道をたどっているのは、火を見るよりも明らかであった。大軍今川が負けたという報は三河中を駆け巡り、それまで傍観を決め込んでいた地元の豪族たちがこぞって今川の追討を始めていた。逃走する者、最後の抵抗を試みる者、勝ち駒に乗る者などが入り乱れての大混乱のさなか、元康らは、安全な東を目指して移動することになった。

知多から刈谷を過ぎ、岡崎まであと二里あまり（約八キロ）の森まで帰ってきたときのことであった。半蔵は馬を降りて元康の側から離れ、逃げ道を確保するために少し先を見分しつつ走っていた。それがいけなかった。

突然、後方で発砲音が鳴り響いた。慌てて駆け戻った半蔵は木の陰に身を潜めた。

どこから現れたのか、野武士の一団が元康たちを取り囲んでいる。数正の他数名の者たちが元康を守ろうと野武士を睨みつけていた。

「馬と鎧《よろい》、太刀をおいていけ！　弓と槍もだ」

野武士の頭《かしら》らしき者が怒鳴った。

半蔵は弓を構えて頭を狙おうとしたが、宵闇《よいやみ》と木立ちが邪魔になってうまく狙いを定めることができない。火縄を持っている男の姿も捉えることができずにいた。

その間にも、元康たちはじりじりと追い込まれていく。

野武士たちは囃《はや》し立《た》て、面白がっているようにも見えた。

「ほーい、ほーい」と訳のわからない言葉を発しながら近寄ってきた若い男を、数正が斬った。ぎゃあと大きなうめき声を上げて、あっけなく男は倒れたが、野武士たちは退こうとはしない。

「やってくれるじゃねぇか」

頭が大きく手を振り上げ、火縄を持った男に合図を送ったように見えた。と、そのときであった。

突然、頭に矢が刺さった。いや、頭だけではない、その周りにいた野武士たちも続けざまに首や背中を射抜かれて、倒れ込んだ。

数正らは元康を守ろうと必死の身構えになり、半蔵も木陰から飛び出して、新たな敵を迎え撃つため、元康の元へ駆け寄った。

「おぉ、半蔵どの。私だ」

声がして振り返ると、そこに現れたのは、浅井六之助と数名の兵であった。戦の前、元康の元へ於大の手紙を携え、伯父・水野信元の使者として現れた男である。

「浅井どのか……」

元康も気づいた様子で、六之助に声をかけた。

数正は一瞬、疑いの目を向けたが、六之助はすかさず、他の者に目で合図し、弓矢を納めさせた。さらに、自らも刀をしまうと、元康の前に跪《ひざまず》いた。

「これよりは、我らが道案内を。いずれなりとも。無事にお送りするように仰せつかっております」

戸惑う元康らに向かって、これは主人・水野信元の命令だというのである。

「……戦況はどのように」

と、元康が尋ねた。

「太守の首を掲げて、尾張さまは既に清洲へ御戻りの由《よし》。ただ、おわかりのように今川方は総崩れ。太守の仇《あだ》を討ってみせようなどと思う者はおりますまい。それと……」

一息入れてから、六之助は続けた。

「岡崎の城から今川方は抜けましたぞ」

元康が生まれた岡崎城は今川の重臣山田隆景《やまだたかかげ》が城代になっていた。だが、その隆景が城を捨てたというのである。

「殿……」

数正が機会を得たとばかりに元康を見た。半蔵も同じ思いであった。

今川が出たのであれば、入ってしまえばよい。だが、元康はあくまで慎重であった。

「……すぐ入っては駿府に残してきた者たちに難が及ぶ。それは避けたい」

幼い我が子竹千代と身重の瀬名を気遣う言葉であった。今川から文句の出ない方法で岡崎に戻るつもりなのだ。数正も半蔵も致し方ないと頷いた。

「ではどちらへ？」

六之助の問いに元康はこう告げた。

「大樹寺に向かおう。案内を頼む」

一旦は松平家の菩提寺である大樹寺で、今川からの沙汰《さた》を待とうというのである。

大樹寺と岡崎城は目と鼻の先。誰か他の者が入ろうとすればすぐに阻止することは可能である。

「かしこまりました」

六之助は大きく頷くと、道案内をすべく、一行の前に立ったのであった。

織田信長に今川義元が敗れた――この衝撃的な知らせは、駿河で待つ瑠璃や瀬名たちの元にも、もたらされていた。

「ま、まさかそのような、ありえぬ」

当初信じがたいと言い続けていた瀬名であったが、やがて間違いないと悟ると、次には半狂乱になって、夫、松平元康の無事を確認しようとした。

「で、殿は……殿はご無事か！」

「ご無事ですとも。岡崎にいらっしゃるとのことですから」

と、問われた侍女頭の伊奈が答えた。

元康は手筈通り大樹寺で今川からの沙汰を待ち、文句が出ない形をとった上で、岡崎城への入城を果たしていた。

「では、なぜここへお戻りにならぬ」

「……それは、岡崎の城を空けておくわけにはいかぬからではございませんか。織田方への睨みも必要かと」

伊奈の言葉を瀬名は苛々と遮った。

「そうではない！　なぜ殿は瀬名の元へお戻りにならぬのかと聞いている！」

身重《みおも》の身体で叫ぶ瀬名を瑠璃は必死になだめていた。

「お体に障ります。お方さま」

妊婦はただでさえ、気分が塞《ふさ》がりがちだ。そこへもってきて、元々激情的な性格の瀬名は、不安感が増すと周囲に当たり散らすことが増え、手がつけられなくなる。

「どうかこれを飲んで落ち着かれてください」

瑠璃は瀬名が落ち着くように、心を込めて処方しておいた茶を出した。

体の調子を整えるためには気血水の均衡がとれているのが望ましい。妊婦は胎児を育てるために血が不足がちになる。血の不足は不安感へと通じる。だが血巡りのよいものは胎児を下す危険性があるので使えない。そこで、今回の茶に瑠璃は、補血の効能があるナツメ、気を巡らせ胸のつかえを取り安胎効果のある紫蘇《しそ》、そしてすぐにカッとなる瀬名の気持ちを冷ますために菊花を使うことにした。

彩《いろどり》としても、ナツメを使った赤い茶に菊の花が浮かぶ様子は美しく、すっきりとした紫蘇の香りも瀬名が喜びそうな気品を感じさせる。

「どうぞ、お腹の御子のためにも」

「お方さま、どうかどうかお静まりを。殿さまはきっとお戻りになりますから」

伊奈も必死になって瀬名を落ち着かせようとした。

「まことに」

「はい。まことでございます」

そうして、茶を飲んだ瀬名がようやく落ち着きを取り戻し、瑠璃たちもほっと胸をなでおろすということが、毎日のように続いていた。

その日も瀬名が苛立ちはじめ、それを伊奈がなだめ、瑠璃がお茶を出しと、まるでお定まりの時が過ぎ、ようやく瀬名に落ち着きが見えたときだった。

「うっ」と、急に瀬名が呻《うめ》き、その場にしゃがみ込んだ。みるみる足元に水が広がる。破水が始まったのであった。

六月三日、瀬名は無事女の子を産んだ。岡崎城へすぐにこのことは知らされ、「亀《かめ》姫《ひめ》と名付けるように」との返事は届いた。だが、そのまま半年が過ぎ、さらに一年が経っても元康は駿府へ戻ってこなかったのであった。

三

十数年ぶりの岡崎城――先祖が築いた城だからだろうか。それとも生まれた城だからだろうか。元康は城のどこを歩いても不思議と心が落ち着く気がしていた。

岡崎の城内には、以前母の話に出ていた胞衣塚《えなづか》（子が生まれたときの胎盤《たいばん》やへその緒を納めた塚）があった。亡き父が、元康が生まれたときに、「よい子に育つように」と踏み固めた塚である。元康が塚の前に佇《たたず》んでいると、後ろから声がかかった。

「竹千代君や亀姫も、早う、こちらに来られればよいのですが」

そう元康に話しかけたのは、母の於大であった。

元康は、岡崎に入ってまもなく、阿久比の於大とその夫久松俊勝、そして於大が産んだ異父弟たちを岡崎に呼び寄せていた。

母に言われるまでもなく、それは元康も考えていた。瀬名からも駿府へ戻るように再三再四、文が届いている。しかし、ようやく戻った我が城を捨てて戻るようなことはしたくない。だが、岡崎城の主となったとはいえ、この時点での元康はまだ大名格ではなく、三河の豪族（国衆）の一つでしかない。となれば、力のある大名の庇護《ひご》を得る必要があった。

今川につくか、織田につくか――。

義元亡き後の今川は嫡男の氏真が後継者となっている。氏真からは「田舎者」と呼ばれて馬鹿にされた思い出しかない。臣下となっても手駒のような粗略な扱いを受けるのに決まっていた。それでも仮に、氏真が義元の弔い合戦を仕掛けるような気骨のある武将であれば、見直すこともできただろうが、その気配は微塵もない。

それに引き換え、二十歳の若さ溢れる元康の目には、信長の勢いは眩《まぶ》しく、心惹かれる。ついていきたい気がする。

そうでなくても、西三河には伯父の水野信元をはじめ、織田に恭順《きょうじゅん》の意を示した者たちが多く、隙さえあれば岡崎にも攻め込もうとしてくる。こうなればいっそ、織田と組した方が楽だが、駿府に残してきた瀬名や子たちのことを思えば、それはできなかった。かといって、今、瀬名たちを岡崎へ呼び寄せようとしても、氏真が承諾しないだろうということも見えていた。

元康はここまでのところは、氏真の機嫌を損ねないように、西三河での小競り合いを抑える役目を買って出ていたわけだが、氏真はそれに対してまったく無頓着で、いくら援軍を要請しても無視されるばかりであった。

「どうなさるおつもりですか」

於大が言わんとすることはわかっていた。先日もまた、伯父水野信元から三河の統治は松平に任せるから織田方へ組するようにとの文が届いていた。そして、これ以上誘いを断れば、信長が一気に攻め込んでくる可能性が示唆《しさ》されてあった。

織田が攻めてきても今川からの援軍は期待できない――。

「……厭離穢土欣求浄土《おんりえどごんぐじょうど》」

元康は呟くと、於大を見た。

「三河は我らが地……ですが、誰も見捨てることはしたくありません」

於大は頷きつつ、不安げに元康を仰ぎ見た。

「……できますか」

「はい。必ず機会は巡ってまいります」

元康は力強く言い切ったのであった。

それからしばらくした早朝のことであった。

駿府にいる瑠璃は、いつものように、館の裏手にある清水に水を汲《く》みに来ていた。甕《かめ》に水を汲み、立ち上がったとき、後ろに人の気配を感じた。

「誰！」

思わず身構えた瑠璃の前に現れたのは、農民姿に身をやつした半蔵だった。

「半蔵さま！」

「しっ……」静かにというように半蔵は指で口を押さえると、辺りを窺いつつ、瑠璃を木陰に連れて行った。

「お方さまやお子たちはご無事か」

「は、はい。竹千代さまも姫さまもお健やかにお過ごしです」

半蔵はよかったというように大きく頷いてから、瑠璃を見て微笑んだ。

「お前も元気そうだな。だいぶ背が伸びたような」

半蔵と瑠璃が顔を合わすのは一年ぶりであった。

「……どうしてそのような格好を。殿さまは、殿さまはどちらですか」

「殿は岡崎だ」

「お方さまは殿さまのお戻りを、首を長うして待っておられます。一日も早くと」

瑠璃が続けようとするのを、半蔵は緊張した面持ちで遮った。道の向こうに誰か来たのか、話し声がし、やがてそれは遠ざかった。

「……いいか。よく聞いてくれ。何があってもけっしてうろたえるなと、殿さまからのご伝言だ。お方さまにお伝えしてくれ」

「どういう意味ですか？　殿さまは駿府にお戻りにはならないのですか？」

瑠璃の問いかけに半蔵は首を振った。

「だが、必ずや岡崎に呼び寄せるとおっしゃっていた。だから信じて待つようにと」

「……お戻りはないのですね」

「ああ」と、半蔵は頷いた。

「いいか。時が来れば必ず迎えがある」

瑠璃はじっと半蔵の目を見つめ、それから大きく頷いた。

「……わかりました。信じてお待ちしております」

瑠璃がそう答えるのを聞いてから、半蔵は踵《きびす》を返し、あっという間に藪《やぶ》の向こうへと去っていったのであった。


「どういうことじゃ」

瑠璃が半蔵の伝言を話すと、瀬名は怪訝な顔になった。

「なぜそのようなことをわざわざ……文ではなく知らせてきたというのか」

問われても、瑠璃にも理由はわからなかった。

「ともかく、うろたえることなく信じて待つようにと」

「……まだお帰りにはならぬということなのだな」

瀬名は深々とため息を漏らした。と、その時であった。

「た、大変でございます！」

普段は規律正しく、けっして慌てふためくことのない侍女頭の伊奈が血相を変えて戻ってきた。

「なにごとか。騒々しい」

「も、申し訳ございません。ですが……」

伊奈は悲壮な顔つきで、声を落とした。

「吉田《よしだ》の龍拈寺《りゅうねんじ》の門前で、竹谷松平《たけのやまつだいら》の姫君が殺されたと」

竹谷松平は松平一族の分家の一つである。

「なにゆえじゃ」

「今川からの離反の罪で氏真さまがお命じになったそうでございます。他にも菅沼《すがぬま》、大竹《おおたけ》、西郷《さいごう》の奥方さまやお子たち、総勢十人以上が、門前で串刺しに」

「く、串刺し……」

あまりにも酷《ひど》い殺され方に、瑠璃は啞然《あぜん》となり、瀬名もひぃっと息を吞んだ。

殺されたのは、みな三河の豪族・国衆の身内で、今川に恭順の意を示すために人質になっていた者たちであった。

「しかも」と、伊奈は続けた。

「殿さまが、岡崎におられる殿さまも織田と手を結ぼうとなさっているのではと」

瀬名は、ぎゅっと険しい表情になった。

「ま、まさか。誰がそのようなたわ言を」

「それがたわ言と言い切れません。氏真さまのお付きの者がそのように。上之郷の鵜殿さまから、岡崎が妙な動きをしていると知らせが入ったそうにございます」

上之郷の鵜殿とは、桶狭間《おけはざま》の折、大高城からいの一番に逃げ去った鵜殿長照のことである。

瀬名の顔からみるみる血の気が引いていった。

「……そうか……さきほどの、あれはそういうことか！」

瀬名は瑠璃の肩を摑むと凄《すさ》まじい力で揺さぶりはじめた。

「そうであろう。違うか！」

「お、おそらくは……い、痛い……お許しください。お方さま」

瑠璃は悲鳴を上げると、伊奈は咎《とが》めるように見た。

「お方さま、お静まりを……瑠璃、お前はいったい何をしたのじゃ」

「私は、何も」

瀬名は荒い息で瑠璃を突き放した。

「けっして、けっしてうろたえるな、だと……これがうろたえずにおられるか！」

「誰がそのようなことを、どういうことでございますか」

と、伊奈が瀬名に問うた。

「殿じゃ。半蔵が伝言をもってきたそうな。殿は我らを見放した。我らがどうなってもよいとお考えなのだ」

「違います！」

と、瑠璃は叫んだ。

「待てと仰せでした。必ず迎えにくるからと。見放されたわけではございません」

「そのようなことを本当に殿さまがおっしゃったと？」

「はい。ご伝言が。何があってもけっしてうろたえるな。必ず呼び寄せるからと」

瑠璃の返事を聞いた伊奈はおろおろと瀬名を見た。瀬名は怒りで身を震わせていた。

「今川を怒らせておいて、悠長に待てなどと、そのような酷い仕打ちがあろうか。織田は太守さまの仇じゃぞ。その仇と手を結ぶなどありえぬ！」

「お方さま……」

「黙って信じろというのか！　ではいつだ。迎えはいつ来る！」

「それは……でも必ずや」

「その前に我らも串刺しにされてしまう。違うか」

「まさか、そのようなことは。お方さまは今川のお身内ではありませんか」

「ないと言えるか！」

「そ、それは……でも、お方さま、殿さまは必ずお約束をお守りになりますから」

しかし、瀬名の耳にはもう誰のどんな慰めの言葉も入らなかった。

「あぁぁ、ひどい！　殿は私が死んでもよいとお思いなのだ」

「お方さま……どうか殿さまをお信じあって」

「誰が信じられる。聞かぬ！　黙れ！　黙らぬか！」

瀬名は震えが止まらない手で耳を押さえながら、奥の間へと引っ込んでしまった。

追いかけようとする瑠璃を伊奈が抑えた。

「ならぬ」

伊奈も怒りで、ぶるぶると唇を震わせている。

「いくらお方さまが氏真さまの従妹だとしても、それが何になろう。こうなったら、我らはいつ殺されるかもしれぬ。そなたも同じこと。信じて待つなど、甘いことを言っている場合ではない！」

伊奈はそう吐き捨てると、瀬名の元へと去ったのであった。


状況は瀬名や伊奈が案じた方向へ進んでいた。翌年の永禄五（一五六二）年一月、元康は清洲城に赴き、織田信長と同盟を結んだのである。

しかし、だからといって、元康が瀬名や子たちを見捨てたわけではなかった。元康はすぐさま鵜殿長照がいる上之郷城を攻め込み、その子たちを生け捕りすることに成功したのである。夜襲をかけ、この作戦を成功させたのは半蔵であった。

元康は、鵜殿の子たちと瀬名たちの人質交換を今川方に申し出た。この使者に立ったのは、元康の近侍、石川数正であった。怒った氏真が瀬名たちを殺《あや》めてしまう危険性もあったし、数正自身も生きて帰れるかわからない役目であったが、彼は無事に氏真を説得し、瀬名たちを連れて岡崎に戻ってきたのである。

四歳の若君竹千代を自らの鞍《くら》の前に乗せ、誇らしげに戻って来る数正の姿に、岡崎で気を揉んでいた家臣たちはみな喝采《かっさい》を上げた。

さらにその後ろには亀姫を抱いた瀬名の輿が続く。

「よくぞ無事で」

「さぞやお疲れのことでしょう」

元康や於大が喜んで出迎えたのは言うまでもない。


それからすぐに歓迎の宴《うたげ》が開かれた。上座には元康と瀬名、竹千代、亀姫がいて、喜びに沸く家臣たちの挨拶を受けている。

瀬名と共に岡崎入りした瑠璃もその末席に呼ばれていた。嬉しそうな元康と家臣たちに比べて、瀬名の顔色は優れない。岡崎にせっかく来ることができたのに、まったく笑顔が見受けられない。またいつ気鬱《きうつ》の発作が起きるかわからない——瑠璃は台所を借りて瀬名のために茶を煎じておこうと、そっと席を立った。

しかし、慣れない城の中のこと。瑠璃はすぐに迷ってしまった。すると、突然、後ろから声をかけられた。

「何をきょろきょろしているんだ」

半蔵の声であった。

「半蔵さま！」

喜び振り向いた瑠璃に、半蔵が笑いかけていた。

「無事で何よりだ。ん？　また背が伸びたか？」

半蔵はまるで幼子にするように頭に手をやろうとしたが、瑠璃はすっと身を引いた。

「またそのような。背だけではありません。髪もほら、だいぶ伸びました」

瑠璃は腕を広げ、その場でくるりと回ってみせた。今年十三になった瑠璃の髪はたっぷりと長く、胸も膨らみ、子供というより娘と呼ばれるのが相応しい歳になったと、自分でも思っていた。

「……うん、そうだな、確かに」

半蔵はそういうと眩しそうに目を逸らした。少しはにかんでいるように思えた途端、瑠璃は急に恥ずかしさが込み上げてきた。目を伏せた瑠璃は、半蔵の左手に血止めの布が巻いてあることに気づいた。

「……それは……お怪我をなさったのですか？　見せてください」

と、瑠璃は傷を確かめようとしたが、半蔵は慌てて手を引っ込めた。

「たいしたことではない」

「でも……」

「もう痛くもなんともないのだ」

「上之郷では大変なご活躍だったと伺いました」

瑠璃は半蔵が無理をして頑張ったのではないかと思っていた。

だが、半蔵は「たいしたことではない」と繰り返した。

「あ、あの……」「あ、あのな」

言葉が重なった。なにかいつもとは違うぎこちなさを感じてしまう。

「……なんですか？」

「ああ、いや、その……於大さまにはお会いしたか？」

「いえまだ。お見かけしただけできちんとご挨拶はまだ。……何か？」

「のちほど殿さまから話があるとは思うが、お前を於大さま付きの侍女にどうかという話がある」

「於大さまの？」

「うん。於大さまはお前の茶を御所望だ。源応尼さまの話もしたいそうな」

於大は亡き母、源応院のことを瑠璃に聞きたいのだろう。

「それはもう喜んで」

「お方さまの元にいるより、気は楽だろうし、私もその方がよいと思う」

半蔵の言う通りであった。岡崎に戻ると決まってからも瀬名の気鬱は一向に収まる気配を見せていなかった。いやそれどころか酷くなる一方であった。

実は今回の件で、今川氏真は、瀬名の父関口親永に切腹を命じたのだった。親永はこれを受け入れ、妻を道連れにし、自害し果てた。瀬名を岡崎に出す代わりに彼女の両親は死んだことになる。

これだけでも、瀬名が岡崎入りを喜べずにいるのは致し方ないことであった。

さらに今回の上之郷城攻めの後、元康は降参してきた鵜殿の分家を召し抱えたのだが、そのとき、鵜殿から人質代わりの側室を迎え入れていた（鵜殿長照の弟・長忠の養女。西郡《にしごおり》の方と呼ばれる）。側室を持つのが当然の時代であったとしても、これが瀬名の自尊心を傷つけたのは明らかだった。

瀬名は岡崎城には住まわず、城外の総持寺《そうじ》近くの築山《つきやま》に居を構えた。表向きは両親の菩提《ぼだい》を弔《とむら》う時が欲しいということであったが、元康とは少し距離をおきたいという思いがあったのかもしれない。

「……於大さまにお仕えできるのが本当なら、ありがたいことです」

と、瑠璃は答えた。どんな理由があるにせよ、近頃、瀬名や伊奈たちは元康や岡崎衆の悪口を言ってばかりいる。それを聞き続けるのはもう堪えがたい。離れることができれば幸いであった。

数日後――、半蔵が言っていた通り、瑠璃を於大の侍女とする旨、元康から沙汰が出た。これまでの礼を丁寧に述べ暇乞いする瑠璃に、瀬名は冷たくこう言った。

「そなた、城に残れて嬉しかろう」

「……え、いえ、そのような」

瑠璃はすぐさま頭を振った。

「隠さずともよい。お前もせいぜい可愛がってもらうことじゃ。殿さまも次から次へと節操《せっそう》のない。こんな小娘のどこがよいのやら」

「えっ……」

意外なことを言われ、瑠璃は呆気《あっけ》に取《と》られた。どうやら瀬名は瑠璃が元康の側室になると勘違いしているようだ。侍女頭の伊奈も怖い目をして瑠璃を睨んでいる。

「お方さま、何かその……」

思い違いをなさっていますと続けようとしたが、瀬名はもう用はないと言わんばかりに、さっさとその場を去ってしまったのであった。

四　茅庵覚書

一

永禄六（一五六三）年、瑠璃が於大付きの侍女となって一年になろうとしていた。
大らかな於大は薬師になりたいという瑠璃の願いと才を愛《め》で、何かと便宜《べんぎ》を図って
くれ、瑠璃もまた、於大を慕い、侍女としての務めと勉学両方に精を出していた。
瀬名は相変わらず、元康の正室として岡崎城内に入ることはなく、城外の総持寺近
くの築山にとどまったままで、近頃では築山御前と呼ばれるようになっていた。
この築山御前を激怒させる出来事が立て続けに起きた。
三月、織田信長からの申し出により、元康の嫡男竹千代（五歳）と信長の息女徳姫《とくひめ》
（五歳）の婚約が成立した。
「なぜお断りにならぬ！　殿は私をないがしろにしている！」
築山御前にとって、仇《かたき》の娘が愛息の嫁になるなど、許しがたいことであった。
それどころか、七月には、元康が今川義元からもらった「元」の名を捨て、家康と

改名してしまった。築山御前にしてみれば、いずれも今川との完全なる決別にしか思えない出来事なのである。

「いったい何をお考えなのか。私には殿がわからぬ！」

「どうか、お気をお鎮めください」

瑠璃は少しでも気が晴れるようにと心を込めて薬茶を煎じて献じたが、築山御前がそれに口をつけることはもうなかったのだった。


「またお飲みにはならなかったのか」

瑠璃同様に、於大もまた築山御前の様子を案じていた。こうした一連の流れが戦国の常だと頭では理解していても、気持ちが追いついていかないことは、於大自身がよくわかっていたからである。

「はい」と、ため息をつく瑠璃に、家康は「放っておけ」と言い放つだけであった。

家康は一日に必ず一度は、於大の元へご機嫌伺いに訪れる。妻に対しては不愛想でも、母に対しては優しい息子なのである。

「けれど、このままでは御前さまがお気の毒。若君もおられず、お寂しいのではと」

と、瑠璃は辛そうな目で訴えた。嫡男である竹千代は築山御前の元を離れ、城内で暮らすようになっていた。

「遠く離れたわけではない。竹千代とはいつでも会える。それに要らぬというものを無理に勧めても仕方あるまい」

「それはそうですが。……でも、殿さまも昔は要らぬと仰せでしたよ」

昔は薬嫌い茶嫌いだった家康だが、今では毎朝毎夕欠かさず、瑠璃が用意した茶を飲むし、少し体の調子が悪いと、自ら調合しようとさえするほどだ。

「私と瀬名は違う。そんなことより、これを見ろ。堺から取り寄せた海馬《かいば》だぞ」

と、家康は自慢げに見せびらかした。海馬とはタツノオトシゴの内臓を取り除き、天日乾燥させたもの。昇り龍にも似た姿から、出世の縁起物として珍重されるが、生薬としては腎の気を補うことから、精力減退に効く滋養強壮剤として用いられる。

「どうだ、よい品だろう。母上の耳鳴りにもよいと思うてな」

「御前さまは殿さまのお勧めなら、お飲みになるかも」

「まだ言うか。あれは私が言えばよけいに腹を立てるだけだ」

と、家康はこれ以上無理なことを言うなと、首を振った。

瑠璃が仕方なく頷くと、代わりに於大が口を開いた。

「タツノオトシゴは夫婦和合の守り神とも申しますよ。どうか、瀬名どのの元へも参られませ。顔を見てゆっくり話をすれば、あちらの気持ちも和らぎましょうほどに」

「はぁ……。しかし、やらねばならぬことが山積みでして」

この頃、西三河一帯で一向宗門徒による一揆《いっき》（一向一揆）が勃発《ぼっぱつ》していた。

これは元はといえば、三河の平定と領国化を目指した家康が、農民や国侍に対し、年貢や軍役などの賦課《ふか》を強めたことが始まりであった。

三河には、一向宗（浄土真宗本願寺派）が広く浸透していて、三河三ヶ寺とよばれる有力寺院が中心となって、それぞれ百以上の末寺を持ち、隆盛を誇っていた。これらの寺は鎌倉以来、不入特権（年貢軍役《ねんぐぐんえき》の賦課免除と罪人逮捕を拒否する権利など）を持っていたのだが、家康はこれを侵害し、兵糧《ひょうろう》を強制的に取り立てようとしたため、怒った門徒らが一斉に蜂起《ほうき》したのである。力で抑え込もうにも、寺の中には僧兵もいて、堀を巡らせまるで小さな城のような堅固な造りのものもあり、簡単ではなかった。

「門徒の中にはご家来衆もおいでとか」

於大が心配している通り、三河の国の半分以上が門徒となっていて、その中には家康の家臣が大勢含まれていた。むやみに戦うと、大事な家臣を失うことになりかねない。家臣からしても主君に弓を引くことになり、互いに悩ましい状態が続いていた。

さらに厄介なことに、疫病《えきびょう》が猛威《もうい》を振るおうとしていた。

家康にしてみれば、内からも外からも攻撃を受ける形であり、瀬名の怒りを解くために割く時間も労力もないというのが、本心であった。

「疫病はそれほど流行っているのですか？」

於大が心配そうな顔で問いかけた。

「収まる気配がございません。今のところ城内には病人は出ておりませんが、どうか、母上もご用心を。城外へ不要な外出はお控えください。あぁ、お前もな」

と、家康が瑠璃を見た。

「私もですか」

「あぁ、お前が病になっては困る。いや、母上がお困りだという意味だぞ」

「念を押されずとも、そんなことはわかっております。殿さまこそ、どうぞご油断なさいませぬように。疫病は目には見えぬ敵でございますよ」

「言われずともわかっておるわ」

言い合う家康と瑠璃を見て、於大がおかしそうに笑みを浮かべた。

「何ですか」

何がおかしいのかと家康は於大を見た。

「いえ、瑠璃はいつもお前によいことを言うてくれると思って」

於大の言葉に瑠璃は、ほらと自慢げな顔になり、家康はフンと横を向いた。

「疫病のことですが……」

と、瑠璃が家康を見た。

「なんだ。まだ何かあるのか。まぁよい、言うてみろ」

「徳本先生をお呼びしてはいかがでしょうか」

「ああ、徳本先生か……」

徳本は瑠璃が師として慕う人であり、また以前、高熱を出したときに治してもらって以来、家康も信頼を置いている医師であった。ただ、徳本には放浪癖《へき》があり、居場所がすぐにつかめるかが問題であった。

「どこにいらっしゃるか、心当たりがあるのか」

「いえ。けれど、先生ならきっとよい手立てをお考えいただけるのではないかと」

「うむ、確かにな。半蔵に命じて、甲斐に探りを入れてみるか……」

徳本は「甲斐の徳本」と呼ばれるほどに武田信玄に気に入られている。

「それはよい。しかしおわかりだろうが、織田どのにはよくよくご用心なされませ」

と、於大が注意を促し、家康はもちろんだと頷いた。

家康の手の者が武田信玄のいる甲斐に赴《おもむ》いたと知れたら、信長は家康が自分を裏切る気かと誤解するかもしれない。信長が疑心を抱いたときの怖ろしさは、母に言われなくても、家康もよくわかっていた。

二

三河同様に、尾張の城下でも疫病が蔓延《まんえん》し、人々を苦しめていた。

「いいか、腹を下した者はそちらの小屋だ。女子供はこちらに移せよ。おい、誰ぞ、手を貸してやってくれんか」

尾張のご城下の一角で、甲高い声を張り上げている浅黒い猿顔の小男がいる。木下藤吉郎《きのしたとうきちろう》（のちの豊臣秀吉《とよとみひでよし》）である。草履《ぞうり》取りから、足軽、足軽組頭とトントン拍子に出世してきたこの男は今、主君信長の命を受け、救護所づくりに励んでいた。

救護所といっても、かろうじて雨露がしのげる程度の小屋で、医師もいなければ、薬も不足している。それでも粥がもらえるとあってか、後から後から病人がやってくる。自らも貧しい農家の出である藤吉郎は、食うや食わずの病人たちを見捨てておくことができない。

「おい、薬師はおらぬか！　誰か、医師を知らぬか！　せめて誰か看病をしてくれる者を連れて来てはくれぬか」

そう言って、片っ端から声をかけている藤吉郎の前に、旅姿の僧が現れた。歳の頃は三十半ばか四十手前か。とにかく、三十手前の藤吉郎よりは年上のようだが、整った目鼻立ちをした美形の僧である。

「私でよければ、お手伝いいたしましょう」

そう言って、僧は病人を診始めた。

「これを、煎じて飲ませてあげてください。熱が下がりましょうほどに」

と、頭陀袋《ずだぶくろ》から薬を取り出したのを見て、藤吉郎は尋ねた。

「それは何というお薬で」

「秘薬『紫雪』……と申したいところですが、まぁ、それに似せて調合した品。それでもよう効きます」

「なるほど。御坊、お名は？」

「徳運軒全宗《とくうんけんぜんそう》と申します」

僧は静かに名乗った。落ち着きはらった物腰には品のようなものさえ感じさせる。

「全宗どのは、お医師か？」

「はい。ゆえあって家を離れておりますが、私の祖先は丹波《たんば》家の者でございまして」

「丹波家……」

「はい。『医心方《いしんほう》』をご存じでございましょうか、あの丹波でございます」

『医心方』とは永観二（九八四）年、丹波康頼《やすより》が撰《せん》した日本最古の医学書である。中国の多くの医書を引用して病気の原因や治療法を紹介した書物であった。

丹波康頼は平安時代中期の医師で、その先祖は、漢からの渡来人だとされる。医術にすぐれ、丹波宿禰《すくね》の姓を朝廷より与えられ、医家丹波氏の祖となった人物である。

つまり、全宗はその丹波家、名家の出身だと名乗ったわけである。

「な、なんとそれは……」

畏れ入ったと、藤吉郎の声が裏返った。朝廷のお墨付きや「由緒正しい、位の高い」名家というものに滅法弱いのだ。

「そのようなお方が診てくださるとは。どうりでお顔立ちが違うと思いましたよ」

「いえいえ、そのようなこと。私など、たいしたものではございません」

「いやぁ、そういう控えめなところも奥ゆかしい」

藤吉郎は褒《ほ》め称《たた》え、どうか私の屋敷にお泊りいただきたいと願い出た。

「先を急がれぬのであれば、是非に。諸国のお話なども伺いたいし」

屋敷といっても、足軽組頭の家だからしれているが、ともかく藤吉郎はその夜、全宗を強引に連れ帰ったのであった。

「ささやかではございますが、酒も馳走もご用意いたしました。まずはお近づきの印に一献……」

と、藤吉郎は自ら瓶子《へいじ》（徳利《とっくり》）を手にし、全宗の盃に酒を注ごうとしたが、一瞬、手を止めて、窺い見た。

「あ、いや、酒と言うてはいけませんでしたな。え～っと、確か」

この男、私が酒を飲む人物かどうか見極めようとしていると、全宗は感じた。

真面目一徹だけでは気に入られまい――。

「般若湯《はんにゃとう》……で、ございましょう。般若湯は好物にございます」

全宗はさらりとそう答えて盃を受けた。仏教の戒律《かいりつ》では酒は禁じられている。しかし、こっそりと飲みたい僧たちの間で般若湯と呼ばれ嗜《たしな》まれていた。

「おぉ、そう、それそれ、般若湯、般若湯。酒も女も要らぬという男はどうも信じられませんでな」

「確かに人の世は楽しんでこそ」

全宗は頷いてみせると、今度は自分で瓶子を手にし、藤吉郎の盃を満たした。

「おお、これはかたじけない。全宗どのとは気が合いそうじゃな」

カカカと藤吉郎は大きな声で笑った。

酒を酌《く》み交わし、互いのことなどをしばらく話してから、藤吉郎はおもむろにこう切り出した。

「のう、全宗どの、これからは我が殿にお仕えしてはどうかの」

「信長さまにですか」

「ああ、儂《わし》から殿に推挙したい。きっとお喜びになる。俸禄《ほうろく》も弾まれるであろうしの」

藤吉郎は酔いも手伝ってか熱心に口説いてきたが、全宗は「さぁ、それはいかがなものか」と、色よい返事をしなかった。

「どうしてじゃ。何か、都合が悪いことでもあるのかな」

「いえ。私の方ではなく、信長さまは大の僧嫌いと聞いております。拙僧をお気に召したりはしないでしょう」

「そのようなことは。ああ、それが心配というなら還俗《げんぞく》なされればよいではないか」

「さぁ、どうでしょう」

全宗は首を振り、笑って受け流してから、こう答えた。

「私はお仕えするなら、木下さまにしたいものだと考えております」

全宗は気性の荒い信長よりも藤吉郎の方が扱いやすいと感じていた。

「ま、まさか。そのような御冗談を」

と、藤吉郎は笑ったが、全宗は真顔でさらにこう重ねた。

「拙僧の見立てでは、木下さまは必ずや大将になられまする。その方にお仕えできれば望外の幸せ」

「ほぉ、それはそれは。全宗どのは観相《かんそう》（人相判断）もなさるのか？　この猿顔のどこにそのようなものが見えるのやら」

藤吉郎はお世辞だと思ったのか、わざと自虐的に笑って聞き流そうとした。

しかし、全宗は真剣な顔でさらにこう続けた。

「その方の人面、物言いを見ていれば、上に立つご器量をお持ちか、そうではないかは見えまする。木下さまはまさしくご器量をお持ちのお方……」

藤吉郎はまんざらでもない顔になり、次第に身を乗り出してきた。

「……嬉しいことを言っていただき、ありがたい限りだが、儂に全宗どのを抱えるだけの力は、まだないでな」

「それこそご謙遜《けんそん》。まだ機が熟しておらぬだけと拝察いたします。ですがもしも、自信がまだないとおっしゃるのであれば、私がお手伝いをいたしましょう」

「手伝い、か……」

「ええ、一つよいことをお教えしましょう」

と、全宗は藤吉郎に顔を寄せた。

「もしも、人の寿命、命の長さがわかるとすれば、どうされますか」

「命の長さ……それはいつ死ぬかということか？　まさか、そのようなことわかるはずがない」

藤吉郎は無理だと顔の前で手を振った。

「それがわかるのでございますよ」

「占いか？」

訝《いぶか》しげに尋ねた藤吉郎に、全宗は違うと笑ってみせた。

「いえ、もっと確かなものがございます。人間四十ともなれば、かならず病の一つや二つ罹っているもの。誰がいつどのような病に罹ったか。どのような持病を抱えているか。……たとえば、信長さまにとって目の上のこぶ、武田の大殿が今どのような病を抱えておられるか、果たしてそれは生死に関わるようなものなのか、それらが手に取るようにわかるとしたら」

全宗が告げるうちに、みるみる藤吉郎の目の色が変わっていった。

「わ、わかるのか、そのようなことが」

「はい。それがわかるものがあれば、欲しいとお思いになりませんか」

「欲しい。欲しいに決まっている」

藤吉郎は、喉から手が出そうなほどに喰いついてきた。

「何だ。何でわかるんじゃ!」

急《せ》かす藤吉郎に対し、全宗はおもむろに答えた。

「甲斐の徳本と呼ばれる医師がおります」

「甲斐の徳本……」

「はい。名は永田徳本。古今東西の医学に通じておられ、朝廷からの信頼も篤《あつ》い方ですが、一つ所に留まることがあまりお好きでなく、あちこち放浪されます。自分のことを茅庵などと称されるように質素を好み、身なりも構わず、金儲けにはまったく目もくれない堅物で」

「かなりの偏屈だな」

藤吉郎は信じがたいという顔になった。

「ええ、変人といえましょう。ですが、甲斐の武田信玄公はたいそう面白がってご自分の侍医《じい》のようなお役目を」

「ほうぉ、それで甲斐の徳本か」

「はい。実は、私、さきほど比叡山《ひえいざん》の薬樹院《やくじゅいん》で僧医をしていたと申しましたが、この方とも少なからぬ関わりがございまして……」

全宗は一息ついて、藤吉郎におもむろに告げた。

『茅庵覚書《ぼうあんおぼえがき》』という書物がございます。徳本先生がこれまで診てこられた病人の病状をしたためた覚書でございます」

藤吉郎は、はっとなり膝を叩いた。

「つまりは、それを読めば、信玄公の病状がわかる……」

「さすが読みがお早い。さようでございます。面白うございましょう？」

「ああ、実に、実に面白い！」

藤吉郎は興奮を抑えきれない様子で立ち上がると、面白いを繰り返した。

全宗がかつて比叡山薬樹院にいたのは事実である。しかし、僧医ではなく僧医見習いであり、さらに彼は女犯《にょぼん》の罪を犯して山を追われたのであった。

それからしばらくして、全宗は永田徳本の弟子になろうとした。有名諸侯や朝廷から重用されている徳本と繋がることができれば、どんな出世も夢ではないと考えたからだ。しかし、それを徳本に見透かされ、けんもほろろに断られてしまった。

全宗は、腹立ちまぎれに医学書を盗もうとし、徳本の診察日誌『茅庵覚書』を見つけた。だが、その場で徳本に見つかり、ほうほうのていで逃げ出したのだった。

全宗にとって医術とは、人を救うものではなく、自らの欲を満たす手段の一つでしかない。出世の糸口になるのであれば、使えるものは使うだけだ。

こういう全宗の過去や細かい事情など、藤吉郎はまったく興味がない。今、目の前にある人や物が自分にとって使えるか使えないか、ただそれだけだ。そういう意味では全宗と藤吉郎の利害は一致していたと言える。

藤吉郎は、全宗の話を全て信じたわけではなかった。だが、本当に『茅庵覚書』なるものがあるのなら、他の者に渡すわけにはいかない。誰よりも先に手に入れるしかないと思ったのである。

急ぎ徳本なる医師を探し出さねば――藤吉郎は忙しく考えを巡らせていたのだった。

三

永田徳本は甲斐ではなく、上杉輝虎《てるとら》（のちの謙信）を診察するため、越後にいた。輝虎は越後の龍と呼ばれ、自らも毘沙門天《びしゃもんてん》の化身だと称するほどの戦国最強の武将であったが、残念なことに病がちな側面があった。

三十歳のときに、背中に大きな癰《よう》（できもの）ができた。これは家臣たちが口で膿《うみ》を吸い出してくれたおかげでなんとか治癒したものの、三十二歳では腹痛に見舞われた。さらにその翌年には左足が酷く腫れあがり、足を引きずって歩くようになってしまった。（痛風かリウマチによるものと考えられている）

そして今、輝虎は瘧《おこり》（マラリア）の激しい高熱で苦しんでいた。

徳本は、解熱剤を処方して熱を冷まし、瘧を鎮めることには成功したが、輝虎の左足は痛みを増し、杖《つえ》なしでは歩くのにも苦労するような状態になってしまっていた。

ようやく床上げは済ませたものの、足の痛みは治まらない。瘧のためなのか、それとも甲斐の武田との十年に及ぶ戦の疲れによるものなのか、ともかく、治らない足を嘆いて、徳本にこう尋ねた。

「どうしてこのように病ばかりがやってくるものか」

「お館さまは、どうも風寒湿《ふうかんしつ》の邪気にやられやすいようですな。雪の多いこちらでは冷えも湿気もありましょうが、かなり気血が乱れておいでです。少しは養生というものにもお考えあって、気をつけていただかねば」

越後は冬が長い。雪も降り、寒冷地で湿度も高く、身体を害する要素は多い。しかしそれだけで病になるとは限らない。生活習慣や食生活もよくないのではないかと、徳本は指摘したのである。

「養生なぁ。……ではこの足は治らぬというのか。何かよい薬はないのか」

「さようですな。仮に薬で痛みを抑えることができたとしても、元のように動かせるかどうかは」

徳本は期待できないと、渋い顔で続けた。

「ともかく酒を控えられるべきですな。酒は百薬の長とは申しますが、過ぎれば身体に湿を溜め込みます。さらにはついつい気が大きくなり、食べ過ぎてしまいます。御身が重くなれば、足に負担が増すのは必定」

「酒を控えろとは、酷なことを」

と、輝虎は苦笑した。神仏に生涯女を抱かないという不犯の誓いを立てた輝虎にとって、酒は唯一の楽しみ。それもかなりの酒豪である。酒宴では若い家臣たち相手に酔いつぶれるまで飲むのが常だったし、戦場で馬に乗るときでも三合入る大杯を手放さないほどだ。それに酒の肴《さかな》には塩辛いものや梅干を好んだ。

「笑い事ではございませんぞ。既に血は滞りがち、身体を害しております。塩も控えめになさらぬと、いずれ卒中を起こすやもしれませぬ」

徳本は少しきつい言い方で、脳内出血・脳梗塞を起こす危険があると猛省を促した。

「うむ。わかった、わかった」

輝虎が渋々頷いたのを見て、徳本は、「ではそろそろこれにて」と暇乞いを告げた。

「もう行くのか」

「一つ所に落ちつけぬ性分でしてな。木枯らしが吹く前にお暇《いとま》せねば」

「では次はいずこに？」

「さぁて、牛が決めてくれるでしょう」

徳本は、愛馬ならぬ愛牛が赴くままにと笑った。

「……さようか。仕方あるまい」

輝虎は、側小姓に謝礼の品を運ばせた。

「些少《さしょう》だが、受け取ってくれ」

三方に載せた金子袋が目の前に置かれたが、徳本は受け取らなかった。

「薬代であれば十八文あれば結構と申し上げたはず」

「これ、お館さまに失礼であろうが」

輝虎の側近も再度受け取るように勧めたが、徳本は頑固に首を振り、十八文以外はけっして謝礼を受け取ろうとしなかった。やれやれと輝虎は苦笑いを浮かべた。

「頑固なところが徳本どののよいところじゃ。しつこうして嫌われては困る。また越後に来てほしいからな」

「はい。ではこれにて」

徳本が城を辞そうとすると、輝虎は家臣らに「先生を国境まで無事にお送りするように」と命じた。

「よいか。くれぐれも失礼のないようにな」

輝虎がわざわざそう念を入れたのには訳がある。輝虎が床上げを済ませてまもなく、徳本をこのまま帰してはまずいと言い出した重臣がいたのだ。

「武田に帰しては、みすみす敵にお館さまの病を知らせるようなもの。始末なさるのがよろしかろうと」

そう、進言してきた重臣を輝虎は一蹴した。

「何を言う。我が命の恩人だぞ。それはならぬ」

「しかし……では、信玄の様子を知るためにもこちらに留め置くべきでは」

「そのような姑息《こそく》な手を使ってどうする」

「ですが」

「ならば問うが、先生がひとことでも信玄公や他の諸侯の話をしたことがあるか？」

「それは……」

「なかろう。どんなに尋ねても、けっして人の病状を話されぬ。先生はそういうお方だ。よいか、優れた医術というものは世のためのもの。病に苦しむ者全てのものだ。信玄公はそれをよくわかっておいでだ。ゆえにこうして徳本先生がよそへ行くのを止め立てなさらぬ。君主たるものそうありたいもの。よいか、手出しはならぬ」

きつくそう戒《いまし》めたものの、家臣の中にはまだ、徳本を野放しにすることへの懸念を抱いている者がいたからである。

ともあれ、徳本は上杉のご城下を出た。牛の背に跨りゆらゆらと気ままな旅を始めた徳本の後ろを、小野と佐竹、二人の上杉の家来がつかず離れずついていた。

領内の村々を過ぎ、背の高さほどあるすすきが生い茂る草原に出たときであった。

突然、叢《くさむら》の向こうから飛び出してきた男たちが徳本を取り囲んだ。いずれも野武士のようないで立ちの五人組で刀を抜き、「ついてこい」と、徳本に迫った。

少し離れたところから見守っていた佐竹と小野はそれを見ても動こうとしなかった。

「……ちょうどよいではないか」

小野が呟き、佐竹も頷いた。実はこの二人は上司から内々に、領内から出たところで徳本を始末するように命じられていたのである。自分たちの手を汚さずに済むのであればそれに越したことはない。野盗の軍団に襲われたとでも言えば殿への言い訳も立つ。小野も佐竹もすばやく計算し、事の成り行きを叢に潜んだまま見守っていた。

徳本が動かずにいると、男たちは牛の背に積まれた徳本の荷物に手をかけた。

「な、何をする！」

「おとなしくついてくるか、渡すかしろ」

「薬か！　薬が欲しいのか」

「違う！　お前の持つ覚書だ。渡せ」

「なんのことやら。おい、何をする」

徳本の制止をきかず、野武士たちは荷物を牛から引きはがし、勝手にひっくり返した。大切な薬草が入った袋が辺りに散らばった。

「やめんか！」

徳本は怒ったが、野武士たちは徳本を羽交《はが》い締《じ》めにし、着物に手をかけた。と、その刹那《せつな》、風切り音がして、一人の野武士の胸に矢が突き刺さった。

「ぐわぁ！」

のけぞるように倒れた仲間を見て、あとの四人は慌てて、辺りに目をやった。ざわざわと波のように揺れるすすきの間から、農民に見える人影が飛び出すと、おそろしく機敏な動きで、あっという間に三人を斬り捨てた。最後の一人は悲鳴を上げ、ほうほうのていで逃げていった。

その様子に佐竹と小野はごくりと、唾を呑み込んだ。姿こそ農民だが、口元を布で覆い、脇差《わきざし》の遣い方、身のこなしは只者《ただもの》ではない。

「何者だろう」

「あの動き、ただの農民には思えぬ。もしや忍びか？」

「武田方かもしれぬ。下手に手を出せば面倒だぞ」

今は武田と休戦中だ。国境で小競り合いを起こしたとなれば、ただでは済まなくなる。それに相手はかなりの遣い手のようだ。

小野と佐竹は頷き合うと、すぐさま踵を返し、その場を去ったのだった。

いた布を外した。

「お怪我はありませんか」

徳本を助けた農民は、散らばっていた薬袋をすばやくかき集めた後、口元を覆って

「半蔵……半蔵ではないか」

農民は武田方の忍びではなく、服部半蔵であった。

「さきほどの連中は何を欲しがっていたのですか？」

「さぁ、盗《と》るような金はないし、薬を欲しがっていたわけでもない。誰ぞと間違えたのかもしれんな」

「さようで」

「ともかく助かった。かたじけない。しかし、いかがした？　なぜここに」

と、問う徳本に、半蔵は「実はお願いがあって、先生をお探ししておりました」と頭を下げた。

「探していた……とは、どんな願いだ？」

「先生でないとできぬご相談です。実は岡崎にお越しいただきたく」

半蔵は、三河に厄介な疫病が蔓延していると窮状を訴えた。

「疫病か……」

と、徳本は呟いてから、天を仰いだ。常になく厳しい目をしている。来てもらえるのかわからず、半蔵は心配そうに徳本を仰ぎ見た。

「いや、腕が鳴ると思うてな」

徳本が少し茶目っ気のある顔で微笑むと、応じるように牛がモウォとひと鳴きした。

「早く行こうというのか。よし、わかった、わかった」

徳本は牛の背をやさしくトントンと叩いた。


数日後、半蔵と共に岡崎入りを果たした徳本を、家康が喜んで迎えたのは言うまでもない。瑠璃もまた、恩師との再会を待ち焦がれていた。

「ようおいでくだされました。先生のお力にすがろうと言い出したのはこの瑠璃でございます」

「うむ？」

家康の脇に立つ瑠璃を見て、徳本は一瞬、驚きの表情を浮かべた。

「おぉ、瑠璃……。いやはや見違えた。これがあの小さかった子か。いくつになった？」

「十五にございます」

「そうか、もうそんなに。文《ふみ》のやり取りだけではわからぬものじゃな」

久方ぶりの瑠璃の姿に、徳本は目を細めた。

「積もる話もございましょうが、先生」

と、家康が徳本を促した。

「ああ、病人を診よう。どこから始めよう」

「私がご案内いたします」

と、瑠璃が応えた。

「手伝ってくれるのか」

「はい。もちろん」

徳本は瑠璃を助手として、疫病退治に向かうことになった。

疫病が発生した村に入る前に、徳本は瑠璃へ、病の原因、診立ての仕方、薬の処方について、最低限知っておくべきことを教えた。

「よいか、病を引き起こすものを病邪と呼ぶ。病の邪気だ。そして、人は正気で病邪から身を守っている。正気はまぁいわば、人の生きる力だ。この力よりも病邪が強ければ、病になってしまう」

「はい」

「病邪がもたらされるにはさまざまな理由があるが、大きく分けて外感と内傷に分かれる」

「外からもたらされるものと、内から起きるものですね」

「うむ。そうだ」

　実際の病因はさまざまで、外感と内傷が絡み合い重なって発生することも多いのだが、疫病（伝染病）は基本、外からもたらされる「外邪」と考えることができた。

　そのため、一番初めにすべきことは、体内に入り込もうとする外邪を追い払うことであった。

「表にとどまっている外邪を発散、取り除く薬を処方するのが基本だが、この場合も冷えがある者と熱を出している者では使う薬草が異なる」

「冷えがある方は身体を温める麻黄《まおう》や桂枝《けいし》、生姜《しょうきょう》、辛夷《しんい》などを使い、熱がある場合には冷ます作用に優れた薄荷《はっか》や菊花《きっか》、葛根《かっこん》などを用いるということですね」

　しっかりと受け答えする瑠璃の姿を見て、徳本は満足そうに頷いた。

「ああ、そういうことだ。よく学んだな」

「いえ、まだまだ。頭でわかっていてもできぬことが多いと存じます。教えていただきたいことばかりです」

　と、瑠璃は謙虚に答えた。

「うむ。いいか、とにかく病ではなく人を診よ。体力が十分あるかないか、働き盛りの男か子供なのか、子を孕《はら》んでいる女か……よくよく注意して診《み》ていかねばならぬ。疫病の場合、高熱や下痢に襲われる者が多いとはいえるが、中には便に詰まりが生じる者もいる。詰まっているからといって、下手に下剤を飲ませると、子が流れることがあるのは、よくわかっているだろう」

「はい。それは心得ております。人をよく見て処方すべしということですね」

　たとえば風邪だといっても、鼻水が出るような冷えがあるものもあれば、喉の痛みや高熱が出るものもある。腹を下す場合もあるし、やたらと頭痛や吐き気に見舞われる場合もある。各々の症状をよく見極め、さらには性別や年齢なども考慮し、それぞれの人の状態に応じて、薬を処方することが肝要なのである。

　瑠璃は教えを一つ一つ確認しては質問をしていく。徳本もそれに丁寧に答えた。

　ひとしきり話し終えてから、徳本は緊張した面持ちの瑠璃に尋ねた。

「大丈夫か？　疫病が怖くはないか？」

「……怖くないといえば嘘になります」

「それでよい。畏れがあれば用心をする。大事なのは、何より自分自身が邪気にやられぬように気を付けることだ。いいか、無理はけっしてしてはならぬ。お前が倒れたら、私も困る。忘れるな」

穏やかだが真剣な表情をみせる徳本に、瑠璃は力強く「はい」と答えたのだった。

こうして、徳本と瑠璃が疫病終息に奔走《ほんそう》している間、家康は一向一揆の鎮圧に力を注いでいた。だが、一向宗の抵抗は激しく、家康は彼らが放った銃で被弾、甲冑に助けられたものの、あわや命を落としていたかもしれないという出来事も起きた。

それでも、永禄七（一五六四）年、家康はようやく勝利を収め、一揆勢の申し出を受けて、和議をおこなうことになった。

和議の内容は、これまで通り一向宗側の不入特権を認めるという、表面的には家康側が譲歩した形であった。門徒として一揆側についた家臣を処罰することもしなかった。しかし、主君を裏切った自責の念から、三河を離れた者も出て、和議から数ヶ月後には、一揆方の侍の大半が姿を消した。すると、それを待っていたかのように、家康は一向宗側に改宗を命じた。応じない寺院は問答無用で取り潰し、従わない僧らを皆、国から追放したのであった。

一向一揆を鎮圧すると、家康はすぐさま三河平定に乗り出した。今川の三河における拠点は失われ、三河はほぼ家康の支配下に置かれることになったのである。

この頃、京の都では時の勢力図を書き換える出来事が起きていた。幕府の実権を握っていた三好長慶の病死である。

長慶はその三年前から立て続けに頼みにしていた弟たちを亡くし、さらに期待していた嫡男の死にも見舞われていた。相次ぐ身内の死により、心を病んだ長慶は、正常な判断能力を失い、松永弾正《まつながだんじょう》の讒言《ざんげん》によって、ただ一人残っていた弟を自分の手で殺害。その後、自らも病に倒れ、黄泉《よみ》へと旅立ったのである。

これに乗じて、それまで傀儡の役割だった将軍義輝は権力の復活を画策した。しかし、これを許さない三好勢により殺害されてしまう。この暴挙により、朝廷は三好を嫌い、三好一族の零落《れいらく》を招いた。さらには、次の将軍を巡り諸大名の中で争いが続き、足利義昭《よしあき》を推す織田信長の台頭を許すことになる。

そのような状況のさなか、永禄九（一五六六）年、家康はついに朝廷から三河の守護者として認められ、従五位下《じゅごいのげ》三河守《みかわのかみ》に任ぜられることになった。

待ち望んでいた三河守の称号を得たのである。家康はこれを機に、松平から徳川への改姓を朝廷に認めてもらい、徳川家康と名乗ることにした。

後年記された『三河物語』によれば、徳川姓の由来は、松平氏の祖先が上野国新田郡《こうずけのくににったぐん》徳川郷に住む源氏の末裔《まつえい》であったことによる。

家康の祖先は足利尊氏《たかうじ》に敗れたため流浪の身となり、代を重ねたのちに、一人が僧になり、徳阿弥《とくあみ》と号した。徳阿弥は三河に入り、松平郷の太郎左衛門《たろうざえもん》の婿《むこ》となり、松平家の初代（松平親氏《ちかうじ》）となった。家康はその九代目にあたる。

歴然とした証拠がある話ではなく伝承の域を出ないものだが、これは家康が尊敬している祖父清康が好んでいた系譜であった。

この源氏の末裔ということが、戦国時代においては、非常に大きな意味を持つ。たとえば、足利氏も今川氏も武田氏も源氏の流れを汲み、名門と位置づけられていた。家康にとって徳川の名乗りを許されるということは、源氏の嫡流であると朝廷にお墨付きをもらったということであり、これはすなわち、武家の棟梁《とうりょう》・将軍にもなれる存在だと表明したことを意味した。

とにもかくにも、姓を改めたことにより、徳川家康は押しも押されもせぬ戦国大名の仲間入りを果たしたのであった。

五　戦の大義

一

　永禄十（一五六七）年、瑠璃が岡崎城で過ごすようになって五年の月日が流れようとしていた。十八歳の娘盛りとなった瑠璃は、於大の話し相手の他に、徳川家康から薬茶係《やくちゃがかり》に任じられ、毎日忙しくも楽しい日々を過ごしていた。

　薬茶局《つぼね》と名付けられた部屋は竈《かまど》のある土間と板張りの調合室の二間があり、調合室の壁一面には、天井にまで届く小引き出しが設《しつら》えられていた。その一つ一つには、家康が各地から集めさせたさまざまな薬草が、効能により系統立ててしまわれてあり、さらにその横には薬学のための書物や大小さまざまな茶器を並べた棚があった。これらは全て、疫病終息に尽力した褒美として瑠璃に与えられたものであった。

　瑠璃はさらに、薬草の栽培もしてみたいと願い出て、家康にあきれられていた。

「そうしておけば、京や堺からわざわざ取り寄せずともよくなりますし」

「それはそうだが……薬草園の世話までしていてはますます嫁にいけなくなるぞ。十八といえば、子がいてもおかしくない歳だ。徳姫を見ろ。九歳で嫁に来るのだぞ」

と、家康は笑った。

この年、家康の嫡男信康と織田信長の長女徳姫との婚礼が執り行われることになっていた。婚姻の約束から四年、九歳同士のまだ幼い夫婦の誕生である。

「まだまだお母上が恋しい年頃でしょうに。可哀そうなこと」

そう呟いてから、瑠璃は「出過ぎたことを」と謝った。つい自分の昔と比べてしまったのである。家康は「よい」と首を振ってみせた。

「だいたい、お前が出過ぎたと謝るのがおかしい」

「そんな」と、抗議しかけたものの、瑠璃自身もおかしくなって苦笑いを浮かべた。

「……徳姫にはなるべく楽しく過ごさせてやろうと思っている。気遣ってやってくれ」

家康も人質として徳姫がやってくることには、感慨深いものがあったのだ。

瑠璃は「はい。できる限り」と、頷いた。

晴れやかに澄み切った青空が眩しい五月、信康と徳姫の婚礼が執り行われた。

信康はまだやんちゃ盛りだが、母に似て色白で眉凛々《りり》しく、しなやかな体軀《たいく》はさぞや美丈夫に育つであろうと思わせたし、徳姫もまた、瓜実顔《うりざねがお》で目元が愛らしく、華やかな笑顔の持ち主で、いずれ美女の誉れを受けるのは間違いない。

その二人が婚礼衣装に身を包み並ぶ姿は、慶事に相応しい華やかさがあった。

「なんと愛らしい」

「まるで一対の雛《ひな》人形を見るような。そうは思われませんか、御前さま」

家臣たちが褒めそやす中、築山御前は不快な表情を隠そうとしなかった。

今川を滅ぼした織田の姫が愛息の正室になるなど、堪《た》えがたい。さらには、元服した竹千代に信康と名を改めさせたのも気に入らない。

「なぜ織田信長の名が入っているのか」

築山御前は吐き捨てた。

「……お声が大きゅうございます」

他の者、特に徳姫の耳に入るのを案じた侍女頭の伊奈がそっと耳打ちしたが、築山御前はその何がいけないと言わんばかりであった。

「なぜ本当のことを言ってはいけない。それとも何か、私が文句を言っていると、徳姫が告げ口をして、信長が怒りでもするのであろうか」

「さようなことは……」

ないとも言い切れず、伊奈は口ごもったが、築山御前は矛《ほこ》を収めようとしない。

「怒るなら怒らせておけばよいのじゃ」

もう黙れと言わんばかりに、築山御前は伊奈を睨みつけた。

こうした築山御前の苛立ちをよそに、信康はというと、徳姫のことを気に入った様子で、しばらくすると、築山御前の御殿にも仲良く連れ立って現れるようになった。

その日も信康は徳姫を連れて、築山御前の様子伺いにやってきた。

築山御前が珍しい茶菓子を用意すると、信康は自分の分は後回しにして、まず徳姫へ食べさせようとする。さらに、徳姫が少し咳き込むと、心配そうに顔を覗き込む。

傍目《はため》には微笑ましいばかりの幼い夫婦の姿だが、それが築山御前には気に入らない。

「では母上、我らはこれにて。参ろう、姫」

と、立ち上がった信康は、着物の裾を踏んで転びそうになった徳姫を庇《かば》って、手を差し伸べた。

「えぇい、いい加減になされ」

築山御前は金切り声を上げた。

「おなごの手など取るでない。みっともない」

「しかし、転んで怪我をしたら、それこそみっともない仕儀《しぎ》となります。夫婦は仲良くするようにと、父上からも言われておりますし」

　愛息からの思いがけない反発に、築山御前は一瞬、言葉を呑み込んだ。

「……さ、さようか。それはよい心がけじゃな。お徳どのも、信康のこと、大事にしてくれねばな」

　築山御前の皮肉が通じるはずもなく、徳姫は「はい。心得ております」と無邪気に返事をした。それを聞いて、信康が嬉しそうに徳姫に微笑みかけた。

　築山御前は、わざとらしくため息をついてから、「で、今から、どちらに？」と信康に問いかけた。

「藤《ふじ》を観に行くのです。見事に咲いているのを姫に見せてやりたいのです」

　信康が答えると、徳姫が嬉しそうな笑顔をみせた。

「そして、その後、西郡《にしごおり》のお督《とく》に会います」

「何……西郡の督じゃと」

　築山御前が眉をひそめた。だが、信康は気づかないようで、

「はい。遊んでやると約束いたしました。なぁ」

と、徳姫に同意を求めた。督とは、家康の側室西郡の方が産んだ次女の名である。督は今、三歳の可愛い盛りを迎えていた（家康の長女は築山御前が産んだ亀姫）。

「妹を可愛がるのも、人として大事なことでございましょう？」

あくまで信康は無邪気だ。

「ならば、亀姫のことも少しは気遣ってやっておくれ」

「そうしたくとも亀はうるさいのです。私に突っかかってばかりです」

信康と亀姫は一つしか歳が違わない。母の築山御前に似て、亀姫は負けん気が強い。兄の信康に対しても容赦がないのだ。不服そうに信康がそう言うのを見て、徳姫が口を挟んできた。

「そのように言うては、亀姫さまがお可哀そうです。よろしければ私が亀姫さまのお相手を」

「無用じゃ。近づくでない」

ぴしゃりと築山御前に拒まれ、徳姫はまるで鞭《むち》で打たれたように驚いた顔になった。

「母上、そのような怖いお顔をしては、姫が怖がります」

信康が抗議をし、築山御前は頭痛がするとばかりに、こめかみに手をやった。すると、徳姫が心配そうに尋ねてきた。

「義母上《ははうえ》さま、大事ございませんか」

「あぁ。大事ない！　もうよい。はよう、行きゃれ！　ああ、それから、しばらくここへは来ずともよい」

築山御前は、信康と徳姫を追い立てた。徳姫は一瞬、戸惑う素振りをみせたが、信康に促され、去っていったのだった。

信康と徳姫の姿が消えると、築山御前はすぐさま侍女頭の伊奈に、愛らしい娘を探すように言いつけた。

「愛らしい娘でございますか？」

「ああ、信康が気に入りそうな、徳姫よりも愛らしい娘を見つけるのじゃ。歳はそうだな。信康よりは少し上がよかろう」

「どうなさるおつもりで」

「決まっておろう。信康の側室にするのじゃ」

「は、はい？」

「徳姫より先に男児を産んでくれるような元気な娘がよい」

「しかし……若君さまにはまだ、その……」

男女のことは早すぎるのではないかと、伊奈は恐る恐る問いかけた。

「早くとも、用意をしておかねば。とにかく、織田の娘などに、徳川の世継ぎを産ませるわけにはいかぬ！」

そう叫ぶと、築山御前はまたこめかみに手をやった。

「お薬をお持ちいたしましょうか？　それとも」

伊奈がおろおろとしているところへ、侍女が「お客さまです」と、来客を告げた。

「このような折に誰だ」

伊奈が断ろうとしたが、侍女が「大賀《おおが》さまが」と答えると、築山御前の顔がぱっと明るくなった。

「弥四郎《やしろう》が参ったのか。はよう通せ」

築山御前は乱れた髪を直すように手をやると、軽く身支度を整えた。

大賀弥四郎――この男、元は中間《ちゅうげん》、家中でも下働きのような存在であった。だが、彼は頭が切れた。特に算術に聡《さと》く気働きもよいことから上の者に気に入られ、やがて、勘定《かんじょう》方に入り、今ではいっぱしの侍のような顔をしている。

築山御前の御殿には月に二度、賄《まかな》い料を渡しに来ていて、最初のうちは、挨拶をする程度のことだったのだが、そのうち、「弥四郎どのの話は面白い」と侍女たちが褒めているのを聞いた築山御前が興味を示し引き止めるようになり、今では、三日にあげず、顔を見せるようになっていた。

弥四郎は築山御前の前では話し上手というよりも、物静かに聞き役に徹し愚痴《ぐち》を全て受け止めた。築山御前相手ではかなりの我慢が必要だが、弥四郎は家中での仕事をやりやすくしていくためには、奥の女たちの信頼を得ることが近道だと心得ていた。ましてや築山御前は城外に住んでいるとはいえ、主君の正室であることに間違いはない。家中への影響力は多大なものがあった。

弥四郎は築山御前の好む京風の小物などが手に入ればすぐに持参し、女手では持て余すような困りごとがあれば率先してやってみせた。

若い頃は男にちやほやされるのが当たり前の築山御前だったが、家康に嫁いでからというもの、周囲の男にもてはやされることはなく、自分の思いを受け止めてもらうという経験にも乏《とぼ》しく、この弥四郎の作戦は見事に嵌《はま》った。

それに第一、弥四郎は背が高く押し出しもよく、下卑たところを一切見せない。築山御前好みの偉丈夫《いじょうぶ》でもあった。築山御前は弥四郎に心を許し、「弥四郎、弥四郎」と目をかけ、時に甘えるようにもなっていたのである。

「ご機嫌麗しゅう。御前さまにはお変わりございませぬか」

大賀弥四郎はにこやかに挨拶をした。

「今月に入ってから顔を見せぬから、私のことなど忘れているのかと思ったぞ」

築山御前は少し拗《す》ねた顔をしてみせた。

「これはしたり。御前さまのようなお美しい方を忘れることがございましょうか」

弥四郎は如才なく答えてから、後ろに目をやった。歳の頃は弥四郎と同じぐらい。坊主のように頭を剃《そ》った男が控えていた。

「誰じゃ」と、築山御前は尋ねた。

「ご挨拶を」

弥四郎に促され、男は丁重に名乗った。

「滅敬《めつけい》と申します。ご尊顔を拝し、恐悦至極《きょうえつしごく》に存じまする」

髪がないのはどこかの僧のようだが、着ている物や身のこなしは武士だ。しかし刀は持っていない。築山御前が何者かと問おうとするより前に、弥四郎がこう紹介した。

「滅敬どのは、鍼《はり》を使う名医にございます」

「鍼？」

「はい。私がいたしますのは、養生治療の一つでございます」

と、滅敬が補足しながら、懐から鍼道具を巻いた布袋を取り出した。中を開くと縫い針よりは細いが、五寸（約十五センチ）はありそうな鍼が何本も出てきて、築山御前は興味深そうに乗り出していた身体を慌てて引いた。

「御前さまに於《お》かれましては、気鬱の病のせいで、よくお眠りになられぬとか。私の鍼をお試しあれば、少しはよくなりましょう」

「……さようか。しかし、そのようなもの、どこぞに刺すのか」

怖がっている簗山御前を見て、弥四郎が優しく微笑みかけた。

「ご心配には及びません。私も治療を受けましたが、実に心地よいものでございます」

「まことに？」

「はい。まことでございますとも」

と、弥四郎は大きく頷いてみせた。

「御前さまのために苦労して探し出したお医師にございます。どうかお信じあって」

「私のために、わざわざ？」

「御前さまがお元気でないと、心配でなりませんから」

「さようか。気遣うてくれるのは弥四郎だけじゃ」

簗山御前は嬉しそうに頷いたのだった。

二

「はい。おばばさま、おひとつどうぞ」

督姫の愛らしい手が、団扇《うちわ》ほどある大きな楓《かえで》の葉を差し出した。どんぐりや椿《つばき》の実など大小さまざまな木の実が葉の上に並んでいる。城内の庭で拾った木の実を菓子に見立てて、振舞ってくれているのである。

「おお、ありがとう。いただきましょう」

受け取る於大は目を細めた。四十歳を超えた於大は、孫の督姫のおままごと遊びに付き合うのが日課になっていた。

「るりも」と、督姫は、瑠璃にも取るように促した。

「ありがとうございます。う～ん、美味しい」

瑠璃は木の実を食べたふりをしてみせた。

督姫の母、西郡の方はその様子を少し後ろからにこにこと見ている。ほっそりとした瓜実顔の西郡の方はおっとりと物静かな女性である。

「母上さまには差し上げませぬのか？」

「ははうえは、あまりおたべにならぬ」

瑠璃の問いに督姫はつまらなそうに答えた。舌足らずな様子がまた愛らしい。

「そういえば、近頃また痩《や》せられたのではないか」

於大が心配そうに訊くと、西郡の方は「いえ」と小さく答えた。その声の小ささが瑠璃には少し気になった。西郡の方は、かつて家康と刃を交えたこともある鵜殿長忠の養女である。彼女は徳川への忠誠心の証《あかし》として送り込まれた。そのせいかわからないが、西郡の方は声を上げて笑うということが殆どない。いつもどこか遠くを見ているようで寂しい横顔が気になっていたのだ。

むろん、瑠璃は西郡の方のために、血や気力を補うような薬茶を用意しているのだが、それだけでは心許《こころもと》ない。魚や雉、鶉《うずら》なども積極的に摂《と》ってほしいのだが、西郡の方は食が細い上に好き嫌いが激しく、生臭《なまぐさ》ものは特に嫌いであった。

督姫は母親には似ず、好き嫌いなく何でもよく食べるせいか、血色も肉付きもよく心配は無用であった。

「督は元気で何よりじゃ」

と、於大は愛らしい孫の頭を撫でてから、「ああ、そういえば」と瑠璃を見た。

「築山御前のところには、鍼を打つお医師がおるそうな。え～っとなんと言うたかな」

　と、於大は脇に控えていた侍女のお万に尋ねた。

「滅敬どのでございます」と控えめにお万が答える。

　お万は知立《ちりゅう》神社の神官永見《ながみ》氏の娘。永見氏は於大の実家水野氏と縁が深く、お万は於大にとっては姪にあたる。歳は瑠璃より二つ上で、西郡の方と同じ二十歳である。

　お万はつい先ごろまで築山御前の侍女として仕えていた。おとなしく真面目な人柄だが、艶のある黒髪に白い餅肌でえくぼが愛らしく、男好きするところが、築山御前の気に障ったようで、ふとしたことで勘気に触れ、今は於大が引き取っていた。

「まぁ、その方が鍼を？　御前さまがお受けになっているのですか？」

「ああ、伊奈が自慢げに話していたそうな。鍼を打てば気分がようなると聞いたが、まことであろうか」

「さぁ、私も鍼は試したことがございませんが、以前徳本先生が明の国では鍼養生が盛んだとおっしゃっていたことがあります。もし本当に養生によいのであれば、その方に教えを請います」

「そうか。それもよいかもしれぬ。食養生ができぬときは鍼を使えばよいからな」

　於大がそう言うと、西郡の方が慌てて首を振った。

「えっ……わ、私、鉞は……」

「何もそなたにと言ってはおらぬ。私が試してみたいだけじゃ」

「於大さまが？」

「何やら面白そうではないか」

と、於大は愉快そうに微笑んだ。

「まぁ、そのような」

西郡の方がびっくりしていると、督姫が「わたしも！」と声を上げた。

於大が面白そうだと言ったので、鉞に興味を持ったようだ。

「なりませんよ。なりません」

普段おとなしい西郡の方が慌てふためく様子が珍しく、於大と瑠璃は思わず声を上げて笑ったのだった。


次の日、瑠璃は家康の許しを得て築山御殿へ出かけた。滅敬に会って、教えを請うつもりであった。

「滅敬どのにお会いしたい？」

応対に出てきた侍女頭の伊奈は、相変わらずきつい目をして瑠璃を睨んだ。

「はい。鍼養生を学びたく」

「どこでそのような話を」

「……伊奈さまがおっしゃっていたと」

「お万であろう。よけいなことを」

と、伊奈は小さく舌打ちした。

「滅敬どのはお忙しい身だ。そなたの相手などしてはおられぬ」

「それでは、於大さまを診ていただくことは」

「於大さまを？　まぁ、それなら御前さまにお伺いしてみてもよいが……しかし、於大さまにはそなたがついているではないか」

「それはそうなのですが、鍼を試してみたいと仰せで」

「さようか、あいわかった。お伝えはしてみるが、なにぶんお忙しいのでいつになるかはわからぬ」

「どうぞよろしくお願いいたします」

瑠璃は頭を下げて頼んでおいたのだが、滅敬が於大の元へやってくることはなかった。

「於大さまが鍼を所望されたようだが、行ってはならんぞ」

弥四郎に言われ、滅敬は苦笑した。

「しかし、私は鍼医。所望されれば、いずこなりと」

「そこを頼む。この通りだ」

と、弥四郎は滅敬の前で手を合わせ、拝んでみせた。

「今、築山御前のご不興を買ってはいろいろとやりにくい。ほら、前に私と話をしていたというだけで、侍女が追い出されたことがあったろう。あの侍女がお前の鍼のことを於大さまに話したそうだ。それで出かけていってはなんとお思いになるか」

築山御前の勘気に触れてはかなわないと、弥四郎は渋い顔をした。

「なるほど。そういうことなら、行かずにおこう。私とて、御前さまの怒りを買っては元も子もない」

「ああ、そういうことだ」

弥四郎には野望があった。一介の中間から勘定方に上がっただけでは物足りない。正室である築山御前を通して、嫡男信康に取り入り、やがては徳川家の重臣になる――その準備を着々と進めていく計画を立てていたのだ。

弥四郎に素直に頷いてみせた滅敬にも滅敬なりの計算があった。実は滅敬は武田方の間諜《かんちょう》であった。徳川方の内情を武田方に知らせるためには城の中に自由に出入りできるようになるに越したことはなかったが、この野望に満ちた弥四郎をけしかければ、徳川を内部から崩すことができるかもしれない——そのために弥四郎や築山御前の懐に入り込むことを優先させたのである。弥四郎は滅敬を便利な駒の一つにとらえていたが、滅敬は滅敬で弥四郎を駒として使う気だったのだ。

「そういえば、滅敬どのは甲斐にもいたと言っていたが、信玄公の御脈を診たことはあるのか？」

「いや、信玄公は徳本にしか御脈を取らせぬ」

「ああ、あの徳本先生か」

「会ったことがあるのか」

と、滅敬は弥四郎に尋ねた。

「いや、何度か見かけたことがあるだけだ。滅敬どのはどうなんだ」

「まぁ、知らぬ仲ではないが、親しくもない。脈は取るが金は要らぬというのは御立派だが、ああいう御仁がいると、他の医師はやりにくくて仕方がない」

つまりは性が合わないと滅敬は苦笑した。

「確かに惜しい。金は取れるところからは取るものだ。薬の処方書だけでも高く売れるであろうに」

計算高い弥四郎がそう応じると、滅敬は同意しつつ、もっと高く売れるものがあると囁《ささや》いた。

「それは何だ」

と、弥四郎が身を乗り出した。

「聞きたいか」

「おう。焦《じ》らさず、教えてくれ」

弥四郎が頼むと、滅敬は秘密めかして少し声を落とした。

「……病状を書いた覚書だ」

「覚書？」

「医師なら誰でも覚書をつける。勉学のためということもあるし、次に同じ相手を診るときにはなおさら必要になるからな。徳本は信玄公の他にも多くの大名の御脈を診ている。相手方の大将の病状は誰もが知っておきたいだろう」

「ほう、なるほど。それではあれか、信玄公はその覚書を見たいがために、徳本を重用していると」

「そう思うだろ。しかし、それが違う。徳本に問いかけもせず徳本も話さぬそうな」

「はぁ？　まったく解《げ》せぬ話だ」

と、弥四郎はあきれ顔になった。

「だろ。そうそう、解せぬと言えば、上杉が武田に塩を送ったそうな」

「なぜわざわざ敵に塩を送る」

「さぁ、領民が困っているからだろう。人は塩がなければ生きてはいけぬが道理だ」

「それはそうだが。なんと馬鹿馬鹿しい。御立派すぎて、反吐《へど》が出そうだ」

弥四郎が信じがたい顔になったのを見て、滅敬は愉快そうに笑うのであった。


武田信玄の領国・甲斐は、北は上杉の越後、南は今川の駿府に挟まれた内陸で海がない。そのため、同盟関係にある今川から塩や海産物を買っていた。ところが、信玄は駿河の今川・相模の北条との間で結んでいた甲相駿三国同盟を破り、東海へ向けての進撃を開始した。怒った今川氏真は、北条氏康《うじやす》とも図って、武田領内への塩止めをおこなったのである。

塩がなければ人は生きていけない。領民の苦難を知った上杉輝虎（謙信）は、日本海側の塩を武田領内へと送った。

いかに停戦中とはいえ、武田と上杉は長い間戦ってきた敵同士である。

弥四郎は馬鹿馬鹿しいとなじったが、このことを知った多くの人々は、さすがは義を重んじる上杉公だと感心したのである。


「上に立つ者はそうあるべきじゃな」

於大は、家康から上杉が武田に塩を送った話を聞いて、しみじみとそう語った。

「戦によって、民を苦しめてはなりません」

「はい」と、家康が頷いたのを見て、瑠璃は思わず口を挟んだ。

「領民が苦しまぬ戦など、ありましょうか」

「それはそうだが……」

家康が口ごもった。

「私にはわからないのです。なぜ武田は今川へ戦を仕掛けたのですか。今川の塩は命綱なのでございましょう？　戦になれば塩が手に入らなくなるのは明らかでございます。それなのになぜ盟約を破る必要がございますか」

「うむ。確かにわからぬな」

と、於大が頷いた。

「そうでございましょう。それに、そもそもなぜ戦をする必要があるのでしょう。なぜ傷つき合うのがわかっていて、人と争うのですか。それほどまでに領地が欲しいものなのですか。それともただ従わせたいだけですか」

瑠璃は家康からの明解な返事を期待した。だが、家康は小さく吐息を漏らしただけであった。

「領地を得たとしても、そこに暮らす人たちがいなければ、田畑を耕《たがや》す者たちが死んでしまっていたら、どうなりましょう。いったい何のための戦なのか……」

「瑠璃は戦が嫌いか」

「はい。お好きなのですか？　殿さまは」

「いや、私も戦は嫌いだ。だが……」

家康は何か言いたげな素振りを見せたが、すぐに黙ってしまった。「だが」の後に何を言いたかったのか、続きが知りたくて瑠璃は窺い見たが、家康の口は閉じたままだ。

「そういえば」

と、於大が家康に話しかけた。

「この城を信康に譲るというのはまことですか？」

「ええ、もうお耳に入りましたか。まだ少し先の話でございますが、信康がもう少し大人になれば、そういうことにしようかと」

「なるほど。では、家康どのはどちらに」

「もう少し東へ参ろうと存じます」

「今川に睨みを利かせるおつもりですか。それとも武田へのご用心か」

於大の問いに、家康は小さく頷いた。

「まぁ、そのようなところで」

「殿さま、武田は三河にも攻め込んでくるのですか？」

と、瑠璃は尋ねた。

「そうさせぬためじゃ」

と、家康は微笑んでから、腰を上げた。

「さて、そろそろ戻ります。あ、そうだ、瑠璃。近頃、寝つきが悪くて困る。何かよいものはないか。やっと眠れたとしてもすぐ目が覚めるし」

家康はそう言いながら、自分の首に手をやった。

「首に痛みがございますか？」

「いや、首というより肩が凝《こ》ってかなわん」

と、家康は首と肩を回した。凝りがひどくなり、眠りが浅くなっているのだろう。

「近頃、お通じはいかがでございますか」

瑠璃の問いに、家康は少し照れ笑いを浮かべた。

「……以前のようなことはない。どちらかといえば、下し気味だ」

「わかりました。後でよく効くものをお持ちいたします」

於大が心配そうに家康を仰ぎ見た。

「お大事になされませ」

「ご心配には及びません」

家康は於大を安心させるように微笑んでみせたのだった。


その夜、瑠璃は薬茶局で不眠に効くものを用意し、家康の元へ向かった。

「どうぞ」と、差し出した茶碗の中を見て、家康は怪訝な顔つきになった。

「これは……酒か？」

「いえ。でも、酒といえば酒かもしれません。粕《かす》酒にございます」

と、瑠璃は答えた。

「粕酒。ああ、酒粕《さけかす》を溶いたものか」

「はい。それに、生姜を利かせ、あと、蓮の実の芯を細かく砕いて煮出したものを足しました。少し苦いかもしれませんが、身体は温まり、気血の巡りにはようございます。それに蓮は」

「安神であろう」

それぐらいは知っていると家康は微笑んだ。

蓮はその根から葉茎《はくき》、そして実に至るまで生薬《しょうやく》として捨てるところがない。煮物にもよく用いる蓮根《れんこん》は二日酔い、のどや鼻の腫れを鎮めるのに優れている。蓮の葉はむくみや肥満に、実の中の芯は、ほてり、苛《いら》つきを抑え、不眠によいのだ。

「はい。さようです。気を落ち着けます。それに下し腹にもよいと存じます」

「うむ。いただこう」

家康は茶碗を手にすると、ゆっくりと飲み始めた。

その横顔を見守りつつ、瑠璃は「殿さま」と問いかけた。

「あのとき、何をおっしゃりたかったのですか」

瑠璃は家康が「戦は嫌いだ」と言った後、何を言おうとしたのか、どうしても聞いておきたかったのである。

「私も戦は嫌いだとおっしゃった後です。何をおっしゃろうとされたのですか」

家康は飲み干した茶碗を置き、「ああ、あれか」と呟いた。

「聞きたいか」

「はい」

瑠璃が頷くと、家康はふーっとひと呼吸ついてから、少し遠くを見る目になった。

「……戦は嫌いでも、戦わねば生きてはこられなかった。そんなことをな」

そう答えてから、家康は自嘲気味に笑った。

「少々、女々しかろう」

だから言わずにおいたということだろう。顔は笑ってはいるが、過ぎた日々、どう考えて生きてきたのか――それを思い出した家康の目には切なさと辛さが宿っているようで、聞いている瑠璃の胸の内にも痛みに似たものが走った。

「……生きるために戦をしてきたということですか。仕方がなかったと」

「ああ」

「本当に仕方がないのでしょうか。戦のない世はないのですか」

戦のない世があってほしい。人が人を傷つけずに済む世が――瑠璃は切にそう望んだが、家康から素っ気なく「ない」と即答され、思わず詰め寄った。

「ならば、殿さまがお造りになればよい。……いえ、どうかお造りください」

瑠璃の強い眼差しを受けて、家康は一瞬たじろいだ。

「戦のない世か……」

「はい」

瑠璃はひたと見つめたが、家康は眩しそうに目を逸らした。

「殿さま、徳川とお名乗りになったのは、この世を治めたいというお気持ちからではないのですか。なればこそ、殿さまのお手で戦のない世をお造りに」

家康はしばらく黙っていたが、やがてふっと笑みを浮かべ、ぽつんとこう呟いた。

「……お前が側にいてくれたら、できるかもしれんな」

「はい？」

家康は、瑠璃に向き直った。

「どうだ。私の側に上がる気はないか」

顔は笑って冗談めかしているが、その目が真剣に思えて、瑠璃は思わず目を伏せた。

口の中が妙に乾き、鼓動が激しくなるのが自分でもわかった。

「……そういう、そういうたわ言は戦のない世をお造りになってから、おっしゃってください」

なんとかそう言い切ると、一瞬の間の後、家康は愉快そうに声を上げて笑い始めた。

「ハハハ、いかん、いかん、粕酒でも酔うとみえる」

「殿さま」

「悪い、冗談じゃ、忘れろ」

からかわれたと思った瑠璃は挨拶もそこそこに部屋を辞したのであった。

三

永禄十一（一五六八）年九月、織田信長は足利義昭を奉じて上洛した。義昭を室町幕府第十五代将軍とするためである。

藤吉郎改め木下秀吉も信長に付き従い、京へ上っていた。その傍らには懐刀《ふところがたな》となった全宗の姿もあった。

全宗の予言通り、数々の戦で功を上げた秀吉は、侍大将に出世していた。

戦に明け暮れる日々でも、秀吉は『茅庵覚書』のことを忘れたわけではなかった。手の者にあれこれ探らせ、徳本が言うことを聞かないのなら、奪ってくるようにとも命じていたが、邪魔が入りうまくいかなかったのだ。

「先日、曲直瀬道三《まなせどうさん》先生にお会いしたのだが。……のう、全宗どの、そなた、曲直瀬先生に弟子入りしてはどうだ」

全宗を呼び出した秀吉は、そう切り出した。

曲直瀬道三——当代一と称される名医であった。幼少時より、京の相国寺《しょうこくじ》で学んだ彼は、二十二歳の時に関東に下り、足利学校に入校、医学に興味を持つと、名医として知られる田代三喜《たしろさんき》に師事し、李朱医学を修めた。その後、三十九歳で京に戻ると、朝廷や将軍家などの侍医を務め、さらには医学校・啓迪院《けいてきいん》を創設した。その門人は日本中から集まり、曲直瀬道三の名声を確固たるものにしていた。

「私が弟子入り？　それはやぶさかではございませんが……」

何かあったのかと全宗は秀吉を窺い見た。秀吉は苦笑いを浮かべると、診療日誌を見せてほしいと願い出たのだと話した。

「曲直瀬先生の診療日誌をですか」

「ああ。一応、訊いてみた。訊くのはタダだからな」

「で、どうだったのです？」

と、身を乗り出した全宗に秀吉は首を振ると、声真似で答えた。

「お見せできるものではない……とさ。いやぁ、あれほどにぴしゃりと言われてしまうと手も足も出ぬわ。かえって清々しいぐらいのものだ」

秀吉はカカカと愉快そうに笑った。

曲直瀬道三はこのとき、六十二歳。時の帝からの覚えもめでたく、信長も一目置いている人物である。いわば、医学の世界では天下人だ。いかに図々《ずうずう》しい秀吉であっても、それ以上に詰め寄ることはできなかったのだ。

「けれどな、先生が、松永弾正のために、あちらの手引書を書かれたという話を思い出してな」

秀吉は「あちら」と言いながら、淫靡《いんび》な笑いを浮かべた。曲直瀬道三は長寿養生に力を注いだ人物でもあるが、その長寿法には男女和合の極意も含まれていた。人の営みにおいて、男女が和合することは自然なこと。健全な和合あってこそ子孫繁栄もある――曲直瀬道三は、そのための秘伝書を著し、松永弾正に授けていたのである。

「拝み倒したら、これを教えてくれたわい」

と、秀吉は懐から紙を取り出すと、読めと全宗に手渡した。

「蛇床子《じゃしょうし》、狗骨灰《くこつかい》、肉桂《にっけい》、各々三匁《もんめ》、定粉《じょうふん》を二匁……これはもしや媚薬《びやく》では？」

蛇床子はせり科の果実で催淫《さいいん》効果がある。狗骨灰は麻黄《まおう》の茎、肉桂はニッキのこと。共に発汗・新陳代謝に優れ、興奮剤としても用いられるものだ。定粉は胡粉《ごふん》とも呼ばれ、白粉《おしろい》としても使われる。全宗が察した通り、これは媚薬の処方箋であった。

「さよう、寸院方《すんいんほう》というそうな。これを練ったものを我が玉茎《たまぐき》に塗って事に及べば、おなごは愉悦の声を上げ、儂《わし》を忘れられなくなると。のぅ、作ってくれるであろう？」

女好きの秀吉は、早く欲しくてたまらないという声を出した。

「はい、それはよろしゅうございますが、これをもっと知るために私に弟子になれと？」

「いやいや」と、秀吉は笑いながら顔の前で手を振った。

「まぁ、むろん、それもあるがな。全宗どのなら、すぐに先生の代理も務められよう。医師として諸侯を診て回り、儂の目となり耳となってくれぬか、なぁ」

秀吉はわざと姿勢を低くし、手をすり合わせるようにしながら、甘えるように全宗を上目遣いで見た。こういうことを恥ずかしげもなくできるのが、秀吉の強みだ。

目的を達するためなら、他人からどう見られようがお構いなしなのだ。おそらく、曲直瀬道三の前でも同じことをしたのであろう。

「……なるほど。わかり申した」

この人に逆らっても無駄だ——全宗は苦笑いを浮かべ、同意したのであった。

十月、織田信長の狙い通り、足利義昭は、征夷大将軍としての宣下《せんげ》を受けた。足利幕府最後の将軍の誕生である。

この少し前、家康は信長から、「私は西を治めるから、三河から東はお前が好きに治めればよい」と告げられていた。

信長は一人で全てを治めるつもりだと思っていた家康はその言葉に驚いた。

「天下人になられるおつもりではないのですか？」

そう問いかけた家康に、信長は問い返した。

「征夷大将軍にはならぬのかと言いたいのか」

「……はい。武家の棟梁となり、天下へ号令なさるおつもりかと」

ハハハと信長は笑い飛ばした。

「役職などどうでもよい。奉られて動けなくなるのはもっと困る」

束縛を嫌う信長らしい考えであった。

「いいか。私は日ノ本を変えたいのだ。そのためにはお前の力が必要だ」

「私の力……」

「ああ、そうだ。私は強い。誰よりも早く駆けることができる。だが、それだけでは駄目だ」

自分のことを駄目だと言う信長を、家康は初めて見た。

「お前は粘り強い。私よりも思慮深いしな。だから、二人で力を合わせれば怖いものはない。日ノ本を戦のない世にできる」

どうだ、よいことを思いついただろうと言わんばかりに、信長はニッと笑った。

「戦のない世……」

「ああ、戦のない世だ。馬鹿馬鹿しいとは思わぬか。汗を流し、傷を負い、血を流してようやく勝っても、戦の後の田畑は荒れ、民百姓には嫌われる。坊主どももうるさいし、女も文句しか言わぬ。だがな、戦のない世になれば、誰もが笑って暮らせる。一日中、のんびりと空を眺めていられる」

いつもより饒舌《じょうぜつ》に語る信長の目はまるで子供のようにキラキラと輝いて見えた。

「……できましょうか、戦のない世が」

「できるとも、二人でならな」

家康の脳裏に、「戦のない世はないのですか」と詰め寄ってきた瑠璃の顔が浮かんだ。

あのとき、自分は「ない」と即答してしまった。なのに、この信長という人は、軽やかに「戦のない世ができる」と言ってのけた。しかも、一緒にそれができるのだと、そんな希望すら抱かせてくれる。非情な側面が見え隠れし、苦手なところもある人だが、このまっすぐな思いについていきたい——。

黙っている家康の目を信長は覗き込んできた。返事を待っているのだ。そういうときの信長の目にはほんの少し寂しさが宿る。

家康はひと呼吸おくと、深く頷いてみせた。

「……はい、共に。信長さまと二人で戦のない世を造りとうございます」

「そうか、やるか」

力強く答えた家康を見て、信長の顔はパッと綻《ほころ》んだのであった。

家康は信長との約束通り、三河より東を治めるべく、遠江《とおとうみ》への侵攻を開始した。

そして、同じく今川領を狙っている武田信玄とは領土の分割を約束し、友好関係を保った。信玄は即座に駿府へ攻め入り、今川氏真を追い出した。家康はその氏真を遠江掛川《かけがわ》城で包囲したのである。

このとき家康は今川方と徹底的にやり合うのではなく、和議を結び懐柔《かいじゅう》策に出た。氏真が妻の実家北条氏を頼って小田原《おだわら》に向かうのを黙認し、残った今川勢を徳川の軍門に下らせ、吸収したのである。今川には幼い頃からの縁で世話になった者もいた。敵を作るより味方を作る。恨みを残させず戦力を増やした、賢い策だといえる。

さらにはその後、氏真が頼ってくると庇護《ひご》もした。家康のおかげで氏真は、静かに公家や文化人たちとの交流の中で余生を過ごし、七十七歳の天寿を全うするという、戦国大名としては稀有《けう》な人生を送ることができたのであった。

四

永禄十三（一五七〇）年正月、二十九歳の家康は岡崎から浜松へ移ることを決めた。新領国となった遠江支配のためには岡崎は西に寄り過ぎていたし、隣国駿河へ出てきた武田信玄をけん制する意味もあった。岡崎城の主には十二歳になった嫡男信康を据えることにし、半年以内には城替えを終えることにした。

築山御前は、愛息の側を離れたくないと言い張り、岡崎に残ることになったが、家康にとってもそれは幸いなことであった。正室とはいえ、既に二人の仲は修復しがたいところに来ていたからである。

松の内が過ぎてしばらくしたある日、瑠璃に半蔵からの呼び出しがあった。立春が近いとはいえ、まだ冷え込んだ寒い朝で、城内の庭にある池には氷が張っていた。

半蔵は呼び出したくせに何やらそわそわと落ち着きなく、瑠璃を見ようともしない。

「いかがされました？」

怪訝に思った瑠璃が声をかけると、半蔵は一瞬天を仰ぎ、それからおもむろに瑠璃を見て、口を開いた。

「嫁になってほしい」

「えっ……」

初恋相手からの求婚であった。嬉しいはずなのに、なぜか瑠璃は答えに詰まった。

「昔、私の嫁になりたいと言ったことがあっただろう。お前も二十一になったはずだ。待たせて悪かった。嫁になり、一緒に浜松に来てほしいのだ」

確かに嫁になるなら半蔵さまの、そう思っていたはずだった。だがこのとき、瑠璃の耳に突然、家康の声が蘇《よみがえ》った。

「お前が側にいてくれたら」「私の側に上がる気はないか」

なぜ、今、思い出してしまうのか。なぜ――。

「どうした？　もしや、私では駄目か？」

半蔵が少し焦った顔になった。瑠璃は戸惑いつつ、こう問いかけた。

「一つ伺ってもよろしいですか」

「ああ」

「半蔵さまは、なぜ戦をなさいますか？」

「なぜ……ハハハ、なぜって、手柄《てがら》を立てるために決まっている」

半蔵は屈託《くったく》なく答えた。戦をして手柄を立てる自信がある。だから心配せずついてこいという顔だ。

「……戦は嫌いでも、戦わねば生きてはこられなかった」

瑠璃の脳裏に、自嘲気味に笑った家康の寂しい瞳が浮かんでいた。

「他にも訊きたいことがあれば、何なりと言ってくれ」

半蔵は昔からの変わらぬ優しい笑顔をみせた。

「……少し、少し時をいただけませんか」

「時？」

「はい。嫁ぐとなれば、於大さまにお許しをいただかなければなりません。それに……

…」

と、瑠璃は目を伏せた。

「殿さまのお許しも」

最後は消え入りそうな声になった。だが、半蔵は「それなら、たやすいことだ」と嬉しそうに頷いた。

「殿には私からすぐにでもお許しをいただく。於大さまはこちらに残られるからお別れせねばならぬが、喜んでくださろう。そうすればすぐにでも祝言だ。な」

「は、はい……」

半蔵の笑顔に押され、瑠璃は思わず頷いていた。

しかし、すぐには家康に許しを請えない事態が勃発した。城替えの準備に加えて、家康が信長から、越前朝倉義景《よしかげ》攻めへの協力を求められ、急ぎ出陣しなくてはいけなくなったからである。


この頃、将軍足利義昭を擁して、飛ぶ鳥を落とす勢いを得た信長は、各諸侯へ上洛を促していた。将軍へ挨拶に来いと言いつつ、それはすなわち、信長へ礼を尽くすことを意味していた。

だが、朝倉義景はこの要請を無視し続けた。信長は叛意《はんい》ありとし、挙兵した。

織田徳川の連合軍は、朝倉勢を追い込み、戦は優勢に展開していた。あとは朝倉の本拠地を攻めるのみとなったとき、思いもかけない危機が迫った。織田とは同盟を結んでいたはずの浅井長政《ながまさ》が朝倉側へ加勢し、背後から襲撃してきたのである。

浅井長政の正室は信長の妹お市《いち》。最愛の妹を嫁がせた相手から裏切りにあったわけで、信長にとって、まったくの油断、誤算であった。

しかし、浅井にしてみれば、朝倉とは織田と同盟を結ぶ前から縁が深く、信長に対して「けっして勝手に朝倉を攻めない」という約束を破られたという思いがあった。

前に朝倉、後ろに浅井、挟み撃ちになった織田徳川の連合軍はいわば袋の鼠《ねずみ》。絶体絶命の危機であった。苦境に陥った信長は木下秀吉、明智光秀《あけちみつひで》、池田勝正《いけだかつまさ》らにしんがりを任せると、わずかな手勢を連れ、戦線を離脱し、京へと逃げることになった。

家康軍もまた、急ぎ逃げ落ちる必要があった。半蔵は、安全な逃げ道を確保して、家康の前に戻ってきた。

「馬引け！　殿、お急ぎを」

半蔵はどんなことをしてでも家康を守り抜く覚悟であった。

「……難しいものだな」

馬の鐙《あぶみ》に足をかけながら、ぽつんと家康が呟いた。

「半蔵、お前、生きて帰ることができたら、何がしたい」

そう問われた半蔵の脳裏に瑠璃の顔が浮かんだ。

「それなら……」

瑠璃と夫婦になるつもりだと言おうとした瞬間、馬に跨った家康が先に瑠璃の名前を口にした。

「瑠璃がな」

「はい？」

「瑠璃が、戦のない世を造ってくれと。それができぬまでは私の側に上がってはくれぬらしい」

「えっ……」

「……生きて帰らねばな」

家康は呟くように、しかし、はっきりと自分に言い聞かせるように言った。

「半蔵、私は必ず戦のない世を造る。そう瑠璃に言おうと思う。生きて帰ってな……はっ！」

家康がピシッと馬に鞭を入れた。

半蔵も素早く馬に跨ると、後を追った。

そうか、そうだったのか……。

半蔵は、家康が瑠璃を欲していることをそのとき初めて知った。そして、なぜ瑠璃が消え入りそうな声で「殿さまのお許しを」と言ったのかも悟った。

半蔵は何も言えないまま、家康の背を見つめ、ひたすら馬を走らせていた。

破竹の勢いだった信長にとって、今回の朝倉攻めは屈辱的な敗戦に終わった。

その知らせは岡崎にもすぐにもたらされた。家康がしんがりを務めているという噂があり、城を守る者たちを不安がらせていた。

瑠璃は不眠を訴える於大のために茶を煎じながら、出陣前、勇ましい甲冑姿に身を包み、薬茶局を訪れた家康の姿を思い浮かべていた。

いつものように用意していた薬包を渡した瑠璃に、家康はこう告げた。

「戻ってきたら、お前に話がある」

何の話があるというのか。問えないままに、家康は出陣していったのだ。

「どうかご無事を……」

煎じた茶が独特の香りを漂わせる中、瑠璃はそれだけを念じていた。

しばらくして、ひとまず徳川軍は無事に戦場離脱に成功したとの知らせが岡崎に届き、瑠璃や於大たちを喜ばせた。この報は、城中に住むようになった正室築山御前の元にも、当然もたらされた。

「……殿はお戻りになられるであろうか」

滅敬の鍼治療を受けながら、築山御前はぽつんとそう呟いた。

衣を下げて肩を露《あら》わに出した築山御前に鍼を据えながら、滅敬はこう応じた。

「ご心配でありますな。ご無事とはいえ、まだまだ戦は続きましょうし。何か他にお便りはございませんか？」

滅敬の問いに築山御前は答えなかった。かつてのように家康の帰りを求めて激しく言い募ることもない。彼女の中では、十二歳になった嫡男信康が初陣をせがんでいたが、連れていかれずによかったという安堵の気持ちの方が大きかったのである。

「そういえば、弥四郎は近頃、どうしているのであろう」

「お忙しくなさっておいででしょう。なにしろ奥郡二十余郷を束ねるお代官さまでございますからな」

築山御前に取り入っていた大賀弥四郎は、その野望通り信康の信頼を得て、順調に出世の階段を上がっていた。

「そうか。……弥四郎が戻ったら、顔を見せるように言うておくれ」

そう言うと、築山御前は小さくあくびを漏らした。

その頃、大賀弥四郎は、東三河にある代官屋敷で、永田徳本と顔を合わせていた。

「わざわざお運びいただき申し訳ございません。徳本先生をお見かけした者がおりましてな。矢も楯《たて》もたまらずお越しいただいた次第。じっくりとお会いすることが叶い、嬉しくてなりませぬ」

と、弥四郎は徳本と話す機会をもてたことを喜んだ。

「徳本先生のお噂はかねがね。けれど、お姿はいつも遠くからお見かけするばかりで。こうして名医と御目文字《おめもじ》が叶うとはありがたい、ありがたい」

と、如才《じよさい》なく挨拶する弥四郎だったが、おべっか嫌いの徳本は素っ気なく、「さようで」と応じただけであった。

「それよりもこちらに病人がおられると聞いたのだが」

「あぁ、いえいえ、先生に是非とも聞いていただきたい話がありまして」

と、弥四郎は徳本へとにじり寄った。

「けっしてご損のない話です。どうでしょう、先生の覚書をお譲りいただけませんか」

「覚書……」

「ええ、『茅庵覚書』なるものがあると伺いました。先生がこれまで診られた方々の病状が事細かく書かれているとか」

徳本は返事をせず横を向き、吐息を漏らした。慌てた弥四郎はこう続けた。

「ご損はないと申し上げました。タダでとは申しません。先生のお望みのものをご用意いたしますので」

「望みのものをな。金子《きんす》ということか」

「はい。おいくらならよろしいか、おっしゃってみてください」

と、弥四郎は徳本を窺い見た。

「手に入れて、どうなさる気だ」

「それはもうぉ……何かと役に立つことでございましょう。特に甲斐の信玄公のご病状がわかれば、我が殿もさぞやお喜びになるかと」

「それはその方の考えか。徳川どののお指図とは思えぬが」

「私めが殿のお気持ちを察してのことにございます」

弥四郎は抜け目なく笑顔を浮かべたが、徳本は嫌々と首を振り、憐《あわ》れみを浮かべた目で弥四郎を見た。

「そのようなものはない。もしあったとしても、お前にだけは渡すまい」

声は穏やかだが、徳本はきっぱりと拒否した。

「な、なんと……」

絶句した弥四郎のこめかみがぴくぴくと動き、みるみるうちに青筋が立った。

「私は失礼した方がよさそうだ」

と、徳本が腰を浮かしかけた。が、弥四郎は先に立ち、徳本を威圧的に見下ろした。

「このまま、帰すと思うてか」

「急に立たれぬ方がよい」

徳本は穏やかな笑みを浮かべたままだ。それが弥四郎をさらに苛立たせた。

「何ぃ」

「……それ以上、頭に血が上ると厄介なことになるやもしれぬ」

「うるさいわ。こちらが下手《したて》に出ているのをよいことに……さぁ、黙って渡さぬか」

弥四郎は、何が何でも覚書を出せと詰め寄った。だが、素直に言うことをきく徳本ではない。しばらくして、弥四郎はお手上げとばかりに苦笑いを浮かべた。

「……なるほど、噂通りの強情なお人だ。けれど、この弥四郎もおめおめと引き下がるわけにはいかぬでな。ゆるゆると話をしようではありませんか。のう、先生」

弥四郎はそう囁いてから、「誰か！」と人を呼んだ。声に応じて、すぐに二人の部下が現れた。

「敵方の間者だ。ゆっくり取り調べるゆえ、捕らえておけ」

弥四郎は徳本を間者だと言い立てて、牢《ろう》へぶち込んだのであった。

岡崎城の瑠璃の元へ、万斛《まんごく》村の豪農鈴木権右衛門が訪ねてきた。

「近くで縁者の祝い事があってな。久々にお前さまの顔を見たくなった。いやはや御立派になられたものだ」

成人した瑠璃を前に、権右衛門はそう言って目を細めた。彼は瑠璃にとって、大恩ある人物だ。幼い時分に、野武士に斬られ傷ついた母と二人、権右衛門の屋敷で世話になり、母の死後は、駿府の源応尼を紹介してくれた。その後も何かにつけて、便りをくれ、息災かと案じてくれる伯父のような存在であった。

ひとしきり昔話に花を咲かせてから、権右衛門は瑠璃に尋ねた。

「ところで、徳本先生はもうお発《た》ちかな？」

「はい？　徳本先生はこちらにいらっしゃっているのですか？」

瑠璃が尋ね返すと、権右衛門は、「はて？」と不思議そうな顔になった。

「万斛村を出られたのが、半月ばかり前のことだったか。瑠璃どのの顔を見に行くとおっしゃっていたのだが、寄られていないのか？」

「ええ。……何かご用事があって、甲斐に戻られたのでは？」

「う〜む。いや、渡したい薬草があるとおっしゃっていたし、おかしいなぁ」

と、権右衛門は首を傾げたが、すぐに「もしや」と呟いた。何か心当たりがある様子だ。

「ちょっと気になることがあるから調べてみる。しばらくはこちらにいるから、また」

権右衛門はそう話し、その場を辞した。

徳本が代官屋敷に入ったきり、出てこない――小者を使って調べた権右衛門が、瑠璃の元を再び訪れたのは、それからまもなくのことであった。

「どういうことですか？　病人の手当でもなさっているのでしょうか」

と、問う瑠璃に、権右衛門は首を振った。

「うーむ。それが牢に繋がれているらしいと」

「まさか。何の咎《とが》ですか！」

「わからん。とにかく、様子を見に行ってくる。あの代官どのはどうも信用がならん」

と、権右衛門は苦々しい顔で、代官は年貢で私腹を肥《こ》やしている節があると告げた。

「領民思いとの触れ込みであったが、私の目にはそう見えない。大賀どのは勘定方にいたからか、計算はよくできると自負しているが、それもな」

「あの、今、大賀どのと？　その代官さまは大賀とおっしゃるので」

「ああ、大賀……弥四郎どのだったかな。知っているのか」

「はい。その大賀さまなら、築山御前さまのお気に入りで」

「なるほど、虎の威を借りてのことか……」

権右衛門は唸《うな》った。

「ともかく、急ぎ行ってみる」

「では私も！」

瑠璃はすぐさま権右衛門と共に代官屋敷に向かったのだった。


権右衛門と瑠璃を前に、大賀弥四郎は「徳本など知らぬ」と、しらを切ろうとした。

「それは異なことを。ご存じないとは言わせませぬ。こちらに呼ばれたのを見た村人が大勢おります」

と、権右衛門は弥四郎の言い分にきっぱりと否を唱えた。いかに弥四郎が代官職にあると言っても、室町時代から続く大庄屋の権右衛門に対しては一目置くしかない。

そこで、権右衛門は強気に出たのだ。

果たして弥四郎は、面倒な男が出てきたと言わんばかりに目を逸らした。

「まさかとは思いますが、牢に入れたわけではありますまいな。もし何かの手違いがあったのであれば、私に免じて、今すぐ御放免を」

と、権右衛門は手をつき、丁寧に頭を下げたが、弥四郎は横を向いたまま答えた。

「……牢に入れたは怪しいから。素性のわからぬ流れ者を取り調べただけであろう」

「先生は殿さまのお命を救ったこともある名医にございます！」

権右衛門の後ろに控えていた瑠璃が思わず声を上げた。

「……誰じゃ」

と、弥四郎は瑠璃を睨んだ。瑠璃の代わりに権右衛門が答えた。

「見覚えございませんか。於大さま付きの侍女をしていた瑠璃どのでございますよ」

「於大さまの……」

「築山御前さまにお仕えしていたこともございます」

と、瑠璃は重ねた。

「ふ〜む。それでなぜここに？」

「私にとっては娘か孫のようなもの。徳本先生を師と仰いでおりまして。それに……」

権右衛門は弥四郎へにじり寄ると、小声で何事か囁き始めた。

それを聞く弥四郎の顔色がみるみる変わった。権右衛門が話し終えて身を引いても、弥四郎は言葉を発することなく、瑠璃を凝視するばかりだ。

「先生はここにいらっしゃるのでしょう？　ご無事ですか？」

瑠璃は懸命に弥四郎に問いかけた。

「のう、大賀さま、このこと、殿さまのお耳には入らぬようにいたしますゆえ」

権右衛門がそう口添えすると、弥四郎はようやく口を開いた。

「……あい、わかった。手違いがあったようだ。早う、連れて帰るがいい」

弥四郎はなぜかあっさりと、徳本を牢から出したのであった。


「お怪我はございませんでしたか？」

代官屋敷を辞した瑠璃は、徳本の身を案じて問いかけた。

「うむ、さほどのことはな。おかげで助かった」

徳本はやつれが見えたものの、元気そうだった。

「権右衛門どのが来てくれたおかげだ」

徳本は、牛の手綱を引く権右衛門にも礼を述べた。

「いえいえ、瑠璃どのが力になってくれました」

と、なぜか権右衛門は瑠璃が助けたと言わんばかりだ。

「私など何も」

瑠璃は大きく頭を振ってから、不思議に思っていたことを尋ねた。

「そういえば、どうして急に、大賀どのは先生を返すと言われたのですか？」

「ああ、だから、瑠璃どののおかげなのだ」

と、権右衛門は苦笑を浮かべ、頭を掻いた。

「ああいう御仁には強く出ねばならぬゆえ、納めた年貢の数が城の蔵に入ったものと合わぬようだと、それから……けっして怒るまいぞ」

と、権右衛門は瑠璃を見た。

「はぁ？」

「うむ。だからな、この瑠璃どのは殿のご寵愛《ちょうあい》を一心に受ける者ゆえ、逆らわず言うことを聞いた方が賢いと、そんなことをな。まぁ、嘘も方便。許せ」

「えっ、そ、そんな……」

瑠璃は絶句したが、徳本はハハハと愉快そうに声を上げて笑った。

「なるほど、ああいう輩《やから》には効き目のある薬だ。さぞかし慌てたことだろう」

「ええ、よく効きました」

瑠璃の戸惑いをよそに、権右衛門も徳本も愉快そうに笑うのであった。

万斛村へと帰る権右衛門と別れてから、瑠璃は徳本を国境まで見送ることにした。

「先生、大賀どのは、先生を捕まえて何をするおつもりだったのでしょう？」

「あぁ、それか」

徳本は渋い顔をして、こう答えた。

「私の覚書が欲しかったようだ」

「先生の覚書？」

「私がこれまで診てきた患者の病状を記したものだ。金になると思ったらしい」

「病状書が金になる？　そういうものでございますか？」

「ああ。目の付けどころは悪くない。人の弱みを握りたい者は大勢いるからな」

「そんな……そんなことが」

他人の病状をその者の弱みとして、金が動くことに、瑠璃は驚きを隠せないでいた。

「致し方あるまい。人というのは本来、愚かなものだ。欲の前では踏み外す者が多い」

「ですが……それなら先生はまた狙われることに？」

心配そうに尋ねた瑠璃に、徳本は「大丈夫だ」と、微笑んでみせた。

「そのようなもの、どこにもない。まぁ、あるとすれば、ここだがな」

と、徳本は自らの頭を指さした。

「……よいか、医術は人を救うものだが使い方を間違えれば人を陥《おとしい》れることができる。瑠璃もようよう、心してな」

徳本は瑠璃にそう言い残して、去っていくのだった。

五

瑠璃が徳本を見送り岡崎に戻ると、家康が浜松に入ったとの知らせが届いていた。

「……甲斐の動きが気になるゆえ、このまま浜松にいるとある。それにしてもよかった。本当に」

家康の文を手に、於大は心の底からほっと胸を撫でおろした様子である。

「なぁ、瑠璃や、家康どのの元に行ってやってはもらえぬか」

「わ、私がですか？」

瑠璃は家康の元へ行けと言われ、声が裏返りそうになった。同時に顔がほてってく

るのが自分でもわかった。だが、於大は瑠璃の変化には気づかぬ様子で、

「ああ、あの子の身体の調子が気になる。身の回りの世話をする女手が少なく、不便が多いようだ。私が行ってやりたいがそうはいかぬ。ああ、そうだ。お万にも行ってもらおう。どうだ、一緒に行ってやってくれ。頼む」

「あ、はい。……そのようなことでしたら、はい。かしこまりました」

瑠璃は於大の頼みを受けて、浜松に向かうことになった。


「よう来てくれた」

家康は瑠璃たちが浜松に来たことを喜び、出迎えた。

「……ご無事でしたか」

「ああ、ゆっくりと城を案内したいところだが、そうもいかぬ。今日はゆるりと過ごすがよい」

「ありがとうございます。けれど、私たちのことはどうかお気になさらず」

瑠璃が応えると、家康は「うむ。すまんな」と慌ただしく出て行った。瑠璃に戻ってきたら話があると言ったことなど忘れているようであった。だが、ただ無事が確認できたことだけで瑠璃は満足していた。

浜松は台所も居室も調度類が足りておらず、岡崎のようにはいかない。瑠璃はお万にそれらのことを任せ、自分は戦で傷を負った者たちの手当にあたることにした。

一つ気がかりなのは、半蔵のことである。半蔵は殿に婚姻の許しを得ると言っていたが、まだ家康は何も知らないようだったし、その半蔵自身が瑠璃の前に姿を現さない。いや、いるにはいるのだが、話しかけようとしてもすっといなくなり、まともに顔を合わせようとしないのだった。

半蔵は半蔵で悩んでいた。浜松にやってきた瑠璃とゆっくり過ごしたいのはやまやまだが、家康の瑠璃への思いを知った今、以前のように気楽に話しかけることは憚《はばか》られた。しかし、瑠璃が家康と親しげに話している姿を目にすると胸が痛み、思わず拳を握りしめていた。

家臣として、本来なら主君のために身を引くべきなのだ。頭でそう思い込もうとしても、城内にいると、瑠璃の姿を目で追ってしまうのも事実であった。

幼い頃から、瑠璃はいつも後を追いかけてきた。からかうのが楽しく、そして困った顔をする瑠璃が愛らしくてならなかった。長じてからも瑠璃は自分の側にいるものと思い込んでいた。それを今さら、消し去ることができるだろうか――。

ある日、半蔵の夢の中に家康と瑠璃が出てきた。三人で楽しく話をしていたはずなのに、家康は「では行くか」と、瑠璃と手を携えて出ていこうとした。

その刹那、自分でも抑えようのない感情が湧き上がり、半蔵は刀を抜いていた。

「わあぁ！」

辺りが真っ赤に染まったと思った瞬間、目が覚めた。半蔵はひどく汗をかいていた。

「いったい、私は何を……」

嫉妬《しっと》のために主君を殺《あや》めようとしたのか——己の中にある強烈な嫉妬心に半蔵はおののき深く恥じ入っていた。


金ヶ崎《かねがさき》での屈辱的な退却からひと月もしないうちに、陣を立て直した信長は再び浅井朝倉を攻めることにした。信じていた義弟・浅井長政に裏切られた信長の怒りはすさまじく、浅井の居城・小谷《おだに》城の城下町を情け容赦なく焼き払うと、姉川《あねがわ》を挟んで南にある横山《よこやま》城を包囲した。そして、そこに家康も軍勢を率いて合流した。

浅井側にも朝倉からの援軍が到着。姉川で戦いの火ぶたが切って落とされた。軍勢としては互角。いずれも引かぬ激しい戦いに、姉川は血に染まった。

家康軍は、隙を見て敵の側面を突き、勝利への道筋をつけたのだが、このとき、一《いち》番槍《ばんやり》を買って出て、目覚ましい活躍を見せたのが、半蔵であった。奮戦の末、朝倉軍が敗走、浅井軍も続いた。織田徳川の連合軍は勝利を収めたのだった。

戦国時代において、各自の戦での働きに応じて褒賞を授けるのは、主君として重要な仕事の一つであった。これをおろそかにしては、家臣はついてこなくなる。

家臣たちが一番喜ぶのは知行《ちぎょう》（領地）を分け与えてもらうことだった。土地を得ればそこで発生する年貢や税は全て自分のものにできる。しかし、土地には限りがあるので、財宝で賄う場合もあったし、表彰状で済ませる場合もあった。いずれにせよ、不平不満が出ないように、働きに応じた褒美を与えることが主君には求められた。そうでなければすぐ揉め事が発生する。悪くすれば、嫉妬による仲間割れが起き、さらに主君への恨み、暴動となる。

家康もこのことは重々承知していたし、家臣たちの恨みを買うことを非常に恐れていた。というのも、家康の父や祖父は信じていた家臣に謀殺されたからである。

さて、今回の一番働きは誰がどう見ても半蔵であった。

姉川での半蔵は、怖ろしいばかりの気迫で、敵に立ち向かっていった。命知らずと言っていいほどの勢いで次々と敵を倒し、鬼神のような働きをみせたのだ。

半蔵の服部家は石川数正や本多忠勝などと比べると家柄が低かった。表よりも裏の仕事をさせることが多かったせいだが、そのため、これまで他の家臣たちから、少し軽んじられている感があった。

家臣団を前に、半蔵にきちんと知行を与えて、顔が立つようにしてやろう――。

そういう思いが家康にはあった。

「さて、今回の一番働きは、半蔵だ。半蔵、お前には知行を与えよう。どうだ」

半蔵の喜ぶ顔を期待しながら、家康はこう告げたのだが、半蔵はひと呼吸つくと、姿勢を正し、静かに家康を見上げた。

「……畏《おそ》れながら、褒美は知行以外でもよろしゅうございますか」

「知行以外だと？」

妙なことをと、家康は笑おうとしたが、半蔵と目が合った瞬間、何も言えず目を逸らした。このところ、半蔵は妙に暗い表情をするようになっていた。研ぎ澄まされた抜き身のような怖い目をしていることもあった。何か迷いか心配ごとでもあるのか、それともどこか具合でも悪いのか……。尋ねたいが尋ねてはいけない気もしていた。

今また、半蔵はそんな目をしている――。

「代わりに欲しいものがあるのか？」

「はい。お許しをいただきたいことがございます」

と、半蔵はぎゅっと拳を握りしめ、臆することなく家康を真正面から捉えた。

「なんであろう。言うてみろ」

家康が問うと、半蔵の目は一段ときつくなり、険しさを増した。

「……嫁取りをしたいと存じます」

「なんだ。それならそのような」

怖い顔をせずとも、と、茶化そうとした家康は次の半蔵の言葉に息を呑んだ。

「瑠璃を嫁にしたいと存じます。お許し願えますか」

「……」

半蔵の思いを知った家康は答えに窮した。瑠璃への家康の思いを知った上で、半蔵は願い出た。ということは、この許しに命を懸けていることを示してもいた。

そうか、そうだったのか……。

そこまでの思いを半蔵が抱いていたことに何も気づいていなかった。それなのに自分は、半蔵の前でいつか瑠璃を側に上げるつもりだと無邪気に口にしていた……。

あのとき、何も答えなかった半蔵の表情が目に浮かんだ。

そうだ、あれ以来だ。自分に向ける半蔵の目が抜き身のような険しい光を放つようになったのは――。

家康は突然、背中から冷たい水を浴びせられたような心地になった。

「殿……」

何も答えない家康を見て、他の重臣たちが怪訝な顔になった。

今ここで、半蔵の申し出を却下したら、どうなるか。そう考えた刹那、また、信じていた家臣に殺された父や祖父のことが頭をもたげた。

半蔵は私に刃を向けるだろうか――。

「殿さま」

再び声をかけられ、家康はようやく我に返った。

「う……ああ、そうか。それはめでたい。よかろう。瑠璃が……瑠璃が、そう望んだのであれば」

家康は迷った末、半蔵にそう答えたのだった。

「このたびの褒美として、殿からお許しをいただいた」

半蔵はすぐさま瑠璃の元へ向かうと、そう告げた。半蔵は瑠璃が喜んでくれることを期待していた。子供の頃のように、明るい声で「よかった」と笑ってくれることを。

だが、瑠璃の表情には喜びよりも戸惑いがにじみ出ていた。

「褒美として……」

「ああ」

「……さようで……殿さまは他に何かおっしゃいませんでしたか？」

「殿は……めでたいと。瑠璃が、そう望むのであれば、と」

そう言いながら、半蔵は自分自身にひどく腹を立てていた。

苛《いじ》めるつもりなどないのに、瑠璃を困らせている。いや、瑠璃だけでない。殿に対しても、私は——。

瑠璃は目を閉じ、静かに息を吐いた。

「半蔵さま……私」

瑠璃が口を開いた刹那、半蔵は静かに首を振った。

これ以上みじめになりたくない——。

「やめよう。そなたを嫁には取るまい。その方がよさそうだ」

半蔵の言葉に、瑠璃の目が大きく見開かれた。

「そなたの夢を奪うところであった」

「半蔵さま……」

「薬師を目指すおなごに、嫁になる暇はないからな。そうであろう？」

そう問いかけながらも、半蔵は「違う。嫁になりたい」と瑠璃が言ってくれるのではないかと期待した。そして、そんな未練な自分にさらに腹を立てていた。

瑠璃は何も答えず、ただ、深々と頭を下げたのだった。


半蔵が去っていく。幼い頃から、何度も追いかけたその後ろ姿を、瑠璃は、ただ黙って見送るしかなかった。

「……お前が側にいてくれたら、できるかもしれんな」

半蔵から、「殿からお許しをいただいた」と聞かされた瞬間、脳裏をよぎったのは、戦のない世を造ってほしいと頼んだときの家康の顔であった。

たとえあれが、殿さまの冗談だったとしても……あのとき感じた胸の高鳴りを、どう扱えばよいのか。瑠璃は自分自身を持て余していた。

家康の切ない眼差しの奥にある孤独に寄り添いたい。こんな気持ちを抱えたまま、半蔵の元に嫁いでよいものなのか――。

「今は誰とも婚姻するつもりはありません……」

本当はそう言って断るつもりだったが、半蔵は何も言わせなかった。

そして、そのことにほっとしている自分に、瑠璃はまた戸惑っていた。

「瑠璃さま」

声をかけられ振り向くと、お万が心配そうな顔をして佇んでいた。

「どうかなさいましたか？」

「いえ、何か」

用があるのかと問うと、お万は頷いた。

「殿さまがお茶をと」

「ああ、もうそんな時刻でしたか。すぐにお持ちいたします」

と、瑠璃は答えた。するとお万はなぜか、少し恥じらいだ笑みを浮かべた。

「いえ、私がお持ちいたしますのでご用意を。そのようにせよと殿さまが」

「……はい。わかりました。ではすぐに。少しお待ちを」

瑠璃にしても、家康と今、顔を合わせるのは少し気が重かった。半蔵からの申し出を断ったと、家康に告げるのも妙な気がしたし、言わずにいるのも、それはそれでおかしな気がした。お万が持って行ってくれるのであれば、それに越したことはない。

「よろしくお願いいたします」

茶器を用意し、瑠璃はお万に託したのだった。

そして、その夜、家康の寝所に向かったお万はなかなか帰ってこなかった。

お万に殿さまのお手がついた――。

それを瑠璃が知ったのは、それから数日後のことであった。ほどなく、側室として部屋を与えられ、お万は於万《おまん》の方さまと呼ばれるようになった。そうなってからも於万は歳の近い瑠璃を頼みにして何かと相談を持ち掛けた。

「殿さまがお疲れのようなの。どうすればよいかしら」

元々、よく気の付く気立てのよい娘なのだ。それに、愛される喜びを知ったせいか、於万の振舞の端々に、瑠璃の目から見ても、ドキッとするような色気が匂い立つようになっていった。

「殿さまが、私を於大の方さまに似ていると仰せになるの」

於万が嬉しそうにそう教えてくれたこともある。言われてみれば、少し頬がふっくらとしてきた於万は、家康の母於大にどことなく似ているように思えた。

「確かに。さようですね」

そう笑顔で答えながら、瑠璃は複雑な思いにかられていた。

いったい自分は何に悩み、何にときめいていたのだろうか。殿さまは私をおからかいになっただけなのに――。

瑠璃の想いなど知らぬ於万は、こんな相談もしてきた。

「殿さまに喜んでいただきたいのだけれど、私は御子を授かるかしら。どのようなお茶を飲めば身体によいか教えてくださいね」

主君が側室を持ち、幾人も子を持つのは当たり前のことだ。ましてや家康にはまだ男子は一人しか生まれていない。家臣の誰もがもっと御子をと願っていた。

「わかりました。私でお役に立つのなら、何なりと」

そう答えながら、瑠璃は自分の定めを悟った。

より一層、勉学に邁進《まいしん》し、薬師として御家にご奉公すること――。

家康はそれを望んでいるだろうし、半蔵もきっとそれなら許してくれるはずだと思えたのだった。

六　謀反者始末

一

元亀《げんき》元（一五七〇）年、浜松に居城を移した家康だったが、その翌年から始まった武田方の三河侵攻に悩まされ続けた。吉田城（浜名湖の西）はなんとか守ったものの、要衝《ようしよう》の地にある長篠《ながしの》城（三河設楽《したら》郡）と二俣《ふたまた》城（浜名湖の東）を奪われ、三方ヶ原《みかたがはら》でも敗北が続いた。さらに武田からの猛攻は続き、天正元（一五七三）年二月には、野田《のだ》城（浜名湖の西北）を囲まれ、奪われるという始末であった。

こうした武田の脅威に怯《おび》える徳川方の中にあって、独りほくそ笑んでいた男がいる——大賀弥四郎、身分の低い中間から算術を武器に勘定方になり、築山御前に取り入り、今は三河奥郡二十余郷を束ねる代官へと駆け上がった男である。

弥四郎は武田方の間者・鍼医師の滅敬の誘いに乗り、ある取引をおこなっていた。徳川を内から崩す——それを首尾よくなしえたら、武田方から弥四郎に領地としかるべき地位が与えられる。つまり、弥四郎は謀反を企《くわだ》てていたのである。

「於万が懐妊したそうじゃ」

吐き捨てるように呟くと、築山御前は大賀弥四郎にしな垂れかかった。

「お辛うございますな」

「別に」と、築山御前は強がったが、その実、元は自分の侍女だった於万が寵愛《ちょうあい》を受けていることへの腹立ちは隠し切れないものがあった。

「しかし、もし男子が生まれでもしたら、面倒なことになるかもしれませんぞ」

弥四郎は、築山御前に、信康が廃嫡《はいちゃく》され、他の男子を後継ぎに据えられたらどうするのだと、脅かした。

「まさか、そのような」

「ないとはいえますまい」

築山御前にとっての家康は、今川を裏切って築山御前の両親を死に追いやり、自分を捨てて若い女に走った男である。この上、我が子まで見捨てるなどありえない話だが、ないとは言い切れない。そこを弥四郎はえぐって不安を煽《あお》ったのだ。

さらに弥四郎は、築山御前に、甲斐の武田は何かあったときに、信康さまの力になると約束してくれていると囁くのも忘れなかった。

「信玄どのは、殿亡きあと、信康を三河の主として扱ってくれような」

「もちろんでございます。それに、武田はあの憎き信長も討ってくれるに違いありません」

「まことか」

今川の出だということに未《いま》だに誇りを抱いている築山御前にとって、今川義元を討った信長への恨みは根深いものがあった。

築山御前は、弥四郎に言われるがまま、夫家康亡きあとは愛息信康が徳川を継げるように取り計らってほしいと、信玄に宛てて親書をしたためた。

弥四郎の真の狙いは、家康と信康の分断にあった。

疑心暗鬼《ぎしんあんき》にかられた築山御前が信康を使って、家康を亡き者にしてくれれば、それはそれでよい。もしそれがうまくいかなかった場合は、この信玄宛ての親書を家康に渡す。家康は妻と子の裏切りに激怒するだろう。家康と信康が袂《たもと》を分かち徳川が分裂すれば、弥四郎は信康の味方のふりをして岡崎城へ武田勢を引き入れる。

武田は一気に徳川を潰し、弥四郎は武田に恩を売ることができる。いずれにせよ、弥四郎は、徳川家康を潰し、三河の主に取って代わることを夢想していたのである。

一方、浜松にいる瑠璃は、悪阻《つわり》に苦しむ於万のために苦心していた。

妊娠してからというもの、於万は匂いに敏感になり、すぐに吐き気を催し、食欲もなくなっていった。

吐き気は、気が乱れて逆行（気逆）するために起きるとされる。胎児は母親の血によって育つので、妊婦は元々貧血気味になりがちなものだが、食欲が出ず体力がなくなると、気血の不足により、臓腑《ぞうふ》に水の滞り《とどこお》（水滞《すいたい》）が現れ、さらに気の乱れを引き起こすという悪循環が始まってしまう。

これらを整えるためには、気を巡らせ、水滞を取り除き、胃の働きを高める必要があった。よく用いられる薬の処方は「小半夏加茯苓湯《しょうはんげかぶくりょうとう》」（気逆を正し、吐き気を鎮める半夏に、体を温め胃腸の働きを盛んにして吐き気を止める生姜と、水巡りをよくする茯苓を加えたもの）である。

さらに、瑠璃は食欲のない於万のために、米飴《こめあめ》を加えた生姜湯や気の巡りをよくする紫蘇や柚子《ゆず》の香りを生かした酢の物などを御膳に加えるようにしていった。

こうした苦労のかいがあって、ようやく於万の悪阻も収まった頃、瑠璃は家康からの言いつけで、於大へ届け物をするために、久々に岡崎城を訪れた。

「なんじゃ、瑠璃ではないか」

於大の部屋へ向かおうとしていた瑠璃は、そんな声で呼び止められた。

築山御前の侍女頭・伊奈であった。

「大変ご無沙汰《ぶさた》しております。皆さまお変わりはございませんか」

と、丁寧に頭を下げた瑠璃に、伊奈は「御前さまに挨拶もなしか」と嫌みを言った。

「いえ、そんなつもりは……今から伺おうかと」

後でご機嫌伺いをするつもりだったが、先に済ませようと瑠璃は考えなおした。

「今？　今は無理じゃ」

挨拶しろと言ったくせに、伊奈は慌てた様子で会わせるわけにはいかないと拒否した。と、そのとき、廊下の向こうから、楽しげな築山御前の笑い声が聞こえてきた。

「あ、あれは御前さまでは……」

「客人がお見えでな。とにかく、行くでない。せっかくご機嫌がよいところに、お前が顔を見せれば、御前さまは御不快に思うだけであろうしな」

伊奈はまた一つ嫌みを言ってから、そそくさと去っていったのだった。

その後会った於大は、久しぶりに会う瑠璃を歓迎してくれた。家康からの贈り物を手渡し、ひとしきり、近況報告などをしたあとで、瑠璃は築山御前が元気な様子で安心したと話した。

「笑い声が聞こえましたゆえ、よかったと……けれど、挨拶はならぬと言われてしまいました」

「あぁ、それは」

と、於大はちょっと嫌そうな顔になった。脇に控えていた侍女たちも何やら顔を見合わせて、微妙な笑みを浮かべた。

「お前たち、外へ出ていてくれるか」

と、於大は侍女たちに言い、人払いをした。それから、おもむろに口を開いた。

「おそらく今、大賀が来ているのであろうよ」

於大にしては珍しく、大賀と呼び捨てにした。

「大賀……それは大賀弥四郎どののことでございますか」

「うむ。知っているのか」

「はい。実は……」

瑠璃は弥四郎が徳本を陥れ、無実の罪で牢に入れたことがあると話した。

「そのときのこと、家康どのはご存じか」

「いえ、殿さまには話さぬ約束で、徳本先生をお返しいただきましたので」

「……」

瑠璃の返答を聞いた於大は、少し考え込んでいたが、やがて顔を上げた。

「実はな、私の口から言うのもなんだが、大賀と築山どのとの間に悪い噂がある。不義を働いているのではないかというのだ」

「えっ……」

瑠璃にとって初耳だったが、さきほどの侍女たちの様子を見る限り、どうやら、岡崎城の中では公然の秘密になっているようだ。

「驚くのも無理はないし、口にするのも汚らわしい噂だ。けれど、築山どのが大賀を頼りにしているのは間違いない。それに、今では信康どのも。……どうしたものであろうか。妙な胸騒ぎがしてならぬ。家康どのに知らせた方がよいであろうか」

「それは……」

確かに胸騒ぎがする話であった。しかし、そのような噂をきちんと確かめもせずに、家康の耳に入れるのは憚られる。なんといっても、築山御前は正室なのだ。

「家康どのと築山どのがうまくいっていないのは周知のこと。他に頼りたくなるのもわからないではない。とはいえ、その頼る相手が大賀弥四郎だというのは、どうもな」

於大は大賀に嫌悪感を抱いていて、それは瑠璃も同じであった。

「半蔵さまに調べてもらってはどうでしょうか。大賀弥四郎が御前さまをたぶらかしているのが本当であれば見過ごすことはできませんし、他にも何か悪事を働いているかもしれません」

「うむ、それはよい。半蔵ならきっと悪いようにはせぬであろうからな」

こうして、浜松に戻った瑠璃は、半蔵に大賀弥四郎の動きを調べてもらうことにしたのだった。

二

武田軍は野田城を落としたものの、なぜか上洛を目指さず、進軍を止め、甲斐へと踵《きびす》を返していた。あと少しで居城に戻るという陣の中に、永田徳本の姿があった。

実はこの少し前から、信玄は持病が悪化し、度々血を吐くようになっていた。

武田信玄・勝頼《かつより》二代の戦略・軍法などをまとめた『甲陽軍鑑《こうようぐんかん》』によれば、信玄は「膈《かく》」すなわち、胃がんか食道がんに侵されていたとされ、または労咳《ろうがい》（結核）であったという説も有力である。

「……もう長くはあるまい」

徳本の薬を飲み終えた信玄は、そう呟いた。聞かなかったふりをして、その場を去ろうとした徳本だが、信玄はさらにこう続けた。

「今のうちに礼を言いたい、先生。これまでよく尽くしてくれた」

「弱気をおっしゃいますな。道はまだ半ばにございますぞ」

徳本はそう言ったが、信玄はゆっくりと首を振り、微笑んだ。

「気休めを言うなど、先生らしからぬ」

確かに徳本の薬をもってしても、信玄の病を快復させることはもう困難なところにきていた。信玄の目にも生気は乏しく、頬はこけ、皮膚には潤《うるお》いがなく血の気もなく、いわゆる死相を呈していた。

「あと、幾日持つであろうか」

そう問いかけてから、信玄はまた弱々しく首を振った。

「未練じゃな。忘れてくれ、先生」

それから信玄は側近に、息子の武田勝頼《かつより》と重臣たちを枕元に呼ぶように言った。

信玄は重臣たちの前で、勝頼に自分が死んだ後のことを頼み、さらにこう告げたのであった。

「よいか、私が死んでも法要はならぬ。三年の間、我が死を隠せ。我が身体は諏訪湖《すわこ》に沈めるがよい」

信玄はそれからしばらくして、信州伊那《いな》郡駒場《こまば》の地でこの世を去った。ときに、元亀四（一五七三）年四月十二日、享年五十三であった。

勝頼はこの遺言を守り、信玄の死を秘匿《ひとく》しようと試みた。信玄の実弟を影武者として使い、さも信玄が生きているかのように見せかけたのだ。これにより、武田軍は無事甲斐の居城に戻ることができたのだが、どんなにしても信玄の死を隠し通すことは不可能だったのである。

半蔵が信玄の異変を知ったのは、その死からひと月も経たない頃であった。

「……では、武田は結局そのまま甲斐に戻ったというのだな」

半蔵は市助《いちすけ》から、武田軍についての報告を受けていた。市助は半蔵が弟のように可愛がり、もっとも信頼している忍びであった。

「はい。しかし、気になることがございまして……信玄公の様子が」

と、市助は信玄が入れ替わったようだと告げた。

「影を使っているということか」

しかし、戦場では身代わりを立てることはよくあることだ。懸念には及ばないだろうとする半蔵に、市助はこう続けた。

「信玄公ご寵愛の側近が自害を許ろうといたしました」

「何……それはもしや追い腹か」

半蔵は呻《うめ》いた。追い腹とは主君の死に殉《じゅん》じて家来が腹を切ることである。つまり、信玄が死んだということを意味していた。市助は頷いた。

「他にも同じく殉死をしようとしたのではと思われる者がおります」

「……わかった。引き続き、探りを入れてくれ」

命令を受け、去ろうとした市助を半蔵は「それから」と、呼び止めた。

「徳本先生はそのまま甲斐におられるのか。ご無事か」

「はい。俺からお出になってはいません。先生をお連れしますか？」

「いや、無理に動くな。先生に尋ねたところでお話しにはなるまいし。それよりも、武田が先生を始末せぬとも限らん。目を離すな」

市助が去ると、半蔵はすぐさまこのことを家康に知らせた。

「信玄が死んだというのか」

「定かではございません。しかし、そうではないかと疑われる節が」

「確かにあちらの動きは妙でございました」

と、応じたのは本多忠勝であった。桶狭間の戦いの時には、初々しい若武者だった忠勝は二十六歳となり、武田方から「家康に過ぎたものが二つあり。唐の頭（ヤクの白い毛を飾りとした兜《かぶと》）に本多平八《へいはち》（忠勝）」と言わしめるほど、徳川きっての剛の者となっていた。

「私も手の者に探りを入れさせましたが、何やら中が騒がしく乱れが生じているのは間違いないこと。仮にまだ信玄に命があったとしても、今は攻め時かと」

三方ヶ原で武田軍から手ひどい敗戦を味わった家康だったが、ここで動かないという選択肢はなかった。家康はすぐさま反撃を開始し、武田に奪われていた長篠城を奪い返したのであった。

ちょうどその頃、瑠璃の姿は三河の宇布見《うぶみ》村にあった。於万の産み月が近づくにつれて、築山御前の悋気《りんき》はますます激しくなり、於万と胎児の命を奪いかねない勢いになっていた。それを案じた於大と相談の上、無事に於万が出産を済ませるためには、どこか信頼できる場所に身を隠させた方がよいだろうということになったのである。

そこで身を寄せる場所として選ばれたのが、浜松城から西に約二里半（およそ一〇キロ）、浜名湖にほど近い宇布見村の中村《なかむら》屋敷であった。中村家は家康の軍船奉行を務めており、信頼のおける人物であったし、風光明媚《ふうこうめいび》で温暖な浜名湖畔《こはん》は於万の心身を癒《いや》すには最適であった。

「ここなら、ご心配には及びません。心安らかに、瑠璃にお任せを」

不安がる於万を勇気づけ、瑠璃は出産に向けて万全の手配を行ったのだった。


こうしたかいがあって、翌年の二月、於万は無事に男子を出産した。家康の次男於《お》義丸《ぎまる》（のちの結城秀康《ゆうきひでやす》）である。

男子が生まれたと知ると、築山御前はすぐさま大賀弥四郎を呼びつけた。

「武田はどうなっている。なぜおとなしく、甲斐に引きこもってしまわれたのじゃ」

「さて、それは……」

弥四郎にとっても、そのことは気がかりであった。しかし、武田との間に入っていた鍼医師滅敬も甲斐へ戻っていて、弥四郎は武田方の詳しい現状を把握できずにいた。

「武田が動かぬのであれば、我ら親子はどうなる？　それとも、於万の産んだ子を誰ぞに始末させた方がよいのか？　のう」

放っておけば、築山御前は於万とその子を殺しかねない。武田の動きがわからない状態で、そんなことになれば、家康の怒りを買うだけで、事はなしえない。

「滅敬に訊いてみます。どうか、今しばらくのご猶予《ゆうよ》を」

弥四郎は、なんとか築山御前をなだめたのであった。

このとき半蔵は、浜松城に近い万斛村にいた。庄屋の鈴木権右衛門を訪ねて、大賀弥四郎についてあれこれ調べていたのである。

「……以前、教えていただいた帳簿の件、調べれば調べるほどに怪しいところがございました。隣国への取引にも怪しい点が見つかりました」

「さようですか。お役に立ったのならよかった。それと、あの滅敬という鍼医師でございますが、甲斐で見かけたと申す者がおります。武田のご家中、真田《さなだ》の手の者ではないかと」

武田家に仕える武将の中でも真田家は忍びを使い、諸国に間者として潜り込ませていることで有名であった。

「やはり……」

「ご存じでしたか」

「少し気になることがありまして、調べさせているところなのです」

と、半蔵は答えた。

その夜、権右衛門宅を辞した半蔵の元に、探りに行かせていた市助が戻ってきた。

「何かわかったか」

市助は頷くと、懐から文を取り出し、半蔵に渡した。

文には宛先はなく、裏に差出人として「大」とだけ記されてあった。

「代官屋敷から出た使いの者が、甲斐へと向かっておりましたので」

市助は使いの後をつけ、滅敬と接触する前に文を奪ったのであった。

『こちらの首尾は上々にて。甲斐の虎が岡崎に放たれるはいつか、お教え願わしゅう』

文を手にした半蔵の顔色がみるみる変わっていった。

「武田に岡崎攻めを持ち掛けているということか……」

文を読んだ家康もまた、顔色を変えた。

「はい。これを読むと、岡崎の城へ敵を招き入れる手はずを整えていたようです。さらには信康さまを亡き者にしてもよいとも。謀反を企てていたことは明白です」

家康は文の裏書きを今一度確かめるように見た。

「大とあるが、誰じゃ、これを書いたのは」

「筆は大賀弥四郎のものに相違ございません」

「大賀……あの弥四郎か」

半蔵は頷くと、大賀が書いた帳簿を差し出し、文と比べてみせた。

「それと、この帳簿の内容なのですが……」

半蔵は謀反の罪に加えて、弥四郎が代官という立場を利用して、年貢や他国との取引で不正を働いたことを暴いてみせたのであった。

「このようなことをする男であったとは、迂闊《うかつ》であった」

そう嘆く家康に、半蔵は「私もここまでとは知らず……」と応じた。

「実は、大賀弥四郎に不実ありと教えてくれたのは、瑠璃でございます。朝倉攻めで手間取っていたおり、弥四郎は徳本先生に狼藉《ろうぜき》を働いたことがあったようで」

「何っ」

「それに築山御前さまをたぶらかしているのではと、於大さまもご心配とのことで」

「すぐさま弥四郎を捕らえよ！」

家康の命が下され、弥四郎は縄をかけられ、家康と半蔵の前に引きずり出された。

「これは何かの間違い。誰かが私をはめようとしたものでございます！」

弥四郎は言い逃れようと必死に抗弁した。

「しかし、お前が連れてきていた滅敬なる医師は、武田方の間者であったと証言する者もいる。観念するがよい」

と、半蔵は怒った。

「そ、それは……、それはわざとでございます」

「わざとだと」

「はい。実は……」

と、弥四郎は家康を仰ぎ見た。

「申し上げにくいことながら、築山御前さまに於かれましては、武田方へ内通。私はそれをなんとか止めようと、わざと武田方のふりをして見張っていたのでございます」

「黙れ、嘘を申すな！　御前さまに罪を着せるなど言語道断！　黙らぬのなら、その舌、今すぐ斬ってやる！」

半蔵は怒鳴りつけると、刀の鍔《つば》に手をかけた。

「待て」と、家康は半蔵を押しとどめ、弥四郎に問いかけた。

「そこまで言うなら、何か証拠でもあるというのか」

「ご、ございます。御前さまが甲斐の、武田信玄にあてた文が……それをご覧になればわかること」

弥四郎は保管していた築山御前の書状があると言い募った。

「どこにある」

「ふ、文箱《ふばこ》が、私の部屋の隠し棚に……」

家康は半蔵に目で合図をして、すぐさま大賀の屋敷に走らせた。大賀の証言通り、隠し棚の奥にしまわれていた書状の入った文箱を手にすると、半蔵はすぐさま戻った。

「そ、それにございます。それをお読みいただければ、私の言ったことが嘘ではないとおわかりになるはず」

弥四郎は必死になって叫んだが、家康は書状を出したものの読みはせず、そのまま、弥四郎の目の前で焼き捨てさせた。

「な、何を……」

慌てる弥四郎に対して、家康は静かにこう告げた。

「大賀弥四郎、大逆の罪並びに役職を笠《かさ》に着ての不正の数々、赦《ゆる》しがたし。よって、鋸《のこぎり》挽《び》きの刑に処す」

鋸挽きとは、見せしめのため、罪人を首から上を出した形で地中に埋め、竹で作った目の荒い鋸でその首を引かせるというものだ。じわじわと死に至る酷い刑である。

家康は岡崎口で弥四郎を生き埋めにすると、往来する者たちに竹鋸を持たせ、鋸挽きを執行させた。切れ味の悪い竹鋸では一度に死に至ることはない。弥四郎は七日の間苦しみ、息絶えたのだった。


「自業自得とはいえ酷い仕置きであったな。とはいえ、これで安心」

半蔵から弥四郎の最期の様子を聞いた於大は、隣にいた瑠璃にそう声をかけた。

「築山どのもこれに懲《こ》りて、おとなしくなられよう。これもそなたが半蔵どのに知らせてくれたおかげじゃな」

「……は、はい」

そう応じる瑠璃の顔色は晴れなかった。

「どうした？　まだ何か気がかりがあるのか？」

そう問いかける半蔵に瑠璃は「いえ」と、弱々しく首を振ってみせた。

このとき、瑠璃はただひたすら怖ろしかったのだ。確かに瑠璃が半蔵に大賀弥四郎を調べるように頼んだことで、悪巧みは露見し、大賀弥四郎の野望はついえた。けれど、人の中にあるどす黒い欲望を表に引きずり出してしまったことで、家康を怒らせ、鋸挽きという酷い仕置きを命じさせることに繫がってしまったのも事実だった。

「これ以上、怖ろしいことが起きねばよいのですが……」

瑠璃の願いもむなしく、この一件は後に起きる家康最大の悲劇への予兆にすぎなかったのである。

三

天正《てんしょう》三（一五七五）年四月、武田勝頼は三河に侵攻してきた。長篠城を包囲された家康だったが、信長の助力を仰ぎ、圧倒的勝利を収めることができた。このとき武田は多くの重臣を失い、力を失っていき、七年後には信長と家康との戦いに再び破れ、滅亡するのである。

こうして、この時期、家康と信長は多くの場合、盟友として共闘し、密接な関係を築いていった。が、その一方で、家康は信長の干渉を強く受けるようになっていた。

その一つが、家康の伯父（母・於大の異母兄にあたる）水野信元の殺害事件である。もともと信元は尾張と三河の国境がその勢力範囲で、最初は今川を支持し、のちに織田方へ転じて、於大が松平家を離縁される原因を作った。しかし、桶狭間では家康の危機を救い、信長への仲立ちをした人物であった。

天正三年も暮れようとする十二月、家康は信長から、信元討伐を命じられた。

「な、なぜそのような……」

「裏切者だからだ」

信長は吐き捨てるように言ったが、家康は即座には信じられなかった。

家康にとっては血の繋がった伯父であり、恩もある人物だ。信長にとっても数々の戦を共に戦い、長篠の戦いでも信元は家康や信長と共に戦場にいた。信長も信元を頼みにしていたはずであった。理由を尋ねると信長は、信元が武田と通じていると言い出した。長篠の戦いの後、続いて岩村《いわむら》城を攻めたのだが、そのとき、武田方へ信元が兵糧を運んだというのである。それを讒言《ざんげん》したのは、信長の筆頭家老・佐久間《さくま》信盛《のぶもり》であった。

「まさか……」

何かの間違いではないのかと問おうとした家康だったが、信長は有無を言わせぬ勢いで畳《たた》みかけた。

「よいか、考えてもみよ。三方ヶ原の折にも信元の軍だけは殆《ほとん》ど無傷。敵と相対しておらぬ。様子見をしていたに違いないわ」

武田信玄の圧勝に終わった三方ヶ原の戦いでは、家康の軍も信長の軍も多数の犠牲を出した。このとき、信元は確かに援軍には来てくれたが、殆ど戦わず敗走していた。

真実はどうであれ、信元への疑いを口にする信長の頰は紅潮し、目は異様なほどに吊り上がっている。おそらく誰が何を言っても、聞き入れるものではない。

信元は今や二十四万石の大名になっていた。信長から見れば、十以上年上でもあり、その勢力の大きさが目障りということになっていたのかもしれない。

「これは決まったことだ。わかったか」

信長の鋭い視線が家康を刺した。その瞬間、家康は彼自身が信長に試されているのだということを悟った。信元を始末するのであれば、本来なら血の繫がりのない他の者にあたらせるはずだ。それをわざわざ家康に持ち掛けたということは、家康に信長への忠誠心を問いかけているに相違なかった。

「……はっ、かしこまりました」

家康はそう答えて、その場を辞するしかなかったのである。

それでもまだ悩んでいる家康に家老の石川数正は「致し方ないことかと」と、信元の殺害を勧めた。

「信長さまのご意向に逆らえば、怒りの矛先がいつこちらに向いてくるか、わかりませぬ」

常に冷静に現状を分析する数正の言葉は的確だった。

家康は、仕方なく伯父を謀殺することを決め、信元と仲のよかった於大の夫・久松俊勝に信元を呼び出してもらい、これを殺害したのだった。

しかし、このことは家康と俊勝との間に亀裂をもたらした。自分が殺害の一翼を担がされたことを知った俊勝は激怒し隠居してしまったのだ。兄の死に加え、夫俊勝と息子家康の仲たがいが於大にどれほどの心痛を与えたか、計り知れないものがあった。


浜松城の天守門の北側の櫓《やぐら》は、天気がよいときには、東の方向に富士を望むことができることから、富士見櫓と名付けられていた。

若かりし頃、鬱屈を感じる度に馬を駆けて富士を見に行ったときと同じく、家康は、独り、櫓に登り、富士を眺めていた。

あの頃と富士の山は変わりがない。神々しいばかりの眩しさが目に染みる。

もしも、あの天にそびえる富士の高嶺に登ることができれば、何か違うものが見えてくるのだろうか。あの向こうにはいったい何があるのだろうか――。

幾度となくそう自分に問いかけたことを家康は思い起こしていた。

いったい、自分は今どこまで登ったのだろうか――。

ふっと人の気配を感じた家康は振り返った。

瑠璃が立っていた。常になく険しい顔をしている。おそらく於大に言われて、怒りに来たのだろう。ふっと苦笑してから、家康は「何か用か」と尋ねた。

「……於大さまがお悲しみです」

「……」

言われなくてもわかっていた。わかっていると答えれば、きっと瑠璃はなぜ織田信長の言いなりになったのかと言うだろう。ため息をついただけで、黙っている家康に痺《しび》れを切らした瑠璃は、「殿さま」とさらに詰め寄ってきた。

「信長さまはな」

と、家康は口を開いた。

「戦のない世を造るとそう仰せになった」

「えっ……」

瑠璃は戸惑いの表情を浮かべた。家康の真意を測りかねたのだろう。

「お前が造れと言った戦のない世だ。私と二人ならできると、そう仰せにな」

そう言いながら、家康は、「誰もが笑って暮らせる。一日中、のんびりと空を眺めていられる」と、語った信長の目の輝きを思い起こしていた。

「でも、戦は」と言いかけた瑠璃の言葉にかぶせるように、家康が引き継いだ。

「戦は続いている。したくなくとも人は殺し合い、誰も笑わず、怒り、嘆いている。おかしいとわかっていても逆らえぬ。今は辛抱するしかないのだ」

自分自身に言い聞かせるように言ってから、家康は視線を瑠璃から富士へと転じた。

「けれど、いつか、必ず終わりにする。あの富士の向こうに私は行く」

富士見櫓を辞した瑠璃は、富士を見つめながら、力強く言い切った家康の言葉を反《はん》芻《すう》していた。

戦のない世を造ってほしいと言ったことを覚えていてくれたことも驚きだったが、それを実現しようとして、家康がもがき続けているということが、瑠璃の心には響いていた。信長との間にどのようなやり取りがあったのか、今、なぜ身内を討たなければならなかったのか、詳細はわからない。今さら、文句を言ったところで、失われた命は戻ってはこない。それよりも今はただ殿さまの考えに寄り添うしかない——。

家康の思いを知りえたことで、瑠璃はそう思えた。

家康の目は赤く充血していた。おそらくあまりよく眠れていないのだろう。それに、時折胃を押さえ、ため息をつかれたのも気になった。

「なにか、気力のつくものをお召し上がりいただかねば……」

瑠璃はそう独りごちた。強い葛藤を抱えたときには脾胃《ひい》が痛む。脾胃が弱れば、いくら栄養のあるものを食べようとしても受け付けなくなる。血肉の元となる食事がうまく摂れないと、気力が減退し、心身共に悪循環が始まってしまう。

今の家康を支えるために自分ができることを最大限にしようと、瑠璃は考えを切り替えたのであった。

信元の一件は、家康とその周囲に暗い影を落として終わった。だが、これもまた後に起きる悲劇の予兆にすぎなかったのである。

四

天正四（一五七六）年三月、瑠璃のいる浜松城に嬉しい知らせがもたらされた。家康の嫡男信康と正室徳姫との間に、待望の長子登久姫《とくひめ》が生まれたのである。惜しむらくは世継ぎの男子ではなく姫であったことだが、それでも喜ばしいことに違いはなかった。

そして、家康にとって孫、於大にとってはひ孫にあたるこの姫の誕生は、信元の一件以来、ぎこちなくなっていた於大と家康との仲をも取り持ってくれた。

「なぁ、どのような祝いをすればよいであろうか。やはり絹《きぬ》かそれとも何か愛らしいものがあればよいが……そうじゃ、鏡台を作らせるのはどうであろう」

「母上、それは早すぎでございましょう」

あれこれと祝いの品定めをする於大の様子を、家康は苦笑しつつ見守っている。

瑠璃は、二人の間に春の陽ざしのような温かな時が流れていることが嬉しかった。

「これが男であれば、もっとよかったのですが」

「殿御はいつもこれじゃ。姫は姫で愛らしいものを。なぁ」

家康が不満を漏らすと、於大はこう応じて、瑠璃に同意を求めた。

「はい。さようで。それに、若殿さまも徳姫さまもまだ十八というお若さ。お子はまだまだ生まれましょう」

そう応える瑠璃に、家康も於大も微笑み頷いていた。


浜松城・岡崎城中の誰もが登久姫の誕生を喜んでいる中、ただ一人、この慶事に目を背ける者がいた。信康の生母・築山御前である。

築山御前が織田から嫁いできた徳姫を毛嫌いしているのは周知の事実だ。孫が生まれたからといって、それが変わるはずもない。むしろ後継ぎが生まれずよかったというぐらいのものである。

それよりも、今の築山御前の頭の中を占めているのは、鋸挽きにされた大賀弥四郎の酷い死にざまであった。むろん、人から聞いただけで実際見たわけではない。だが、なかなか寝付けず、眠れたとしても悪夢にうなされ続けていた。

裏切ったことを知っているはずなのに、家康が一切何にも触れず、不問に付したことも不気味であった。直情型の築山御前に対して家康は幼い頃からの忍従で培《つちか》われたのか、人前でなかなか本心を表さない。それが彼女の不安を煽っていた。

「いったい、どうなさるおつもりか……」

激しい怯えはやがて怒りに変わった。

家康が自分に対して何の感情も持っていないのではないか——そう思い至ったからだ。家康が築山御前を不憫に感じて許そうとしているなど、考えるはずもない。

築山御前の長女亀姫は、この年奥平信昌《おくだいらのぶまさ》へと嫁ぐことが決まり、築山御前が心許せるのは、以前から仕えてくれている侍女頭の伊奈と息子の信康だけになっていた。

一刻も早く、信康に跡目を継がせたい。自分の意に添わぬ織田からの嫁など追い出して、徳川に自分の居場所を作る。その執念だけが築山御前を突き動かしていた。

築山御前は、徳姫が懐妊している間、独り寝となる信康が不憫《ふびん》だと言って、側室を与えた。若い信康が側室を持つのは当然のことだとはいえ、徳姫にとって、気分のよい話ではなかった。だが、徳姫にとって幸いだったのは、信康が他の側室の誰よりも正室である徳姫を気に入っていたことであった。

「義母上《ははうえ》さまは、いつまで経っても私を嫁とは認めてくださいません」

徳姫は自分の膝枕で休む信康に嘆いてみせた。徳姫の侍女たちは仲睦まじい二人の様子を微笑ましい思いで見守っていた。

誰の目から見ても、信康の愛情表現は出会った頃から変わらず、大胆かつ直接的で、人前でも平気で徳姫の手を取り、側に置きたがった。こうして膝枕をしてもらうことも好んだ。それがまた、築山御前の機嫌を損ねていた。

「……母上はお前に妬《や》いているのだ」

と、信康は答えた。

「父上は母上を大切にされぬからな。顔を見せぬどころか、文さえ寄越さぬ。近頃では、於愛なる女も側室にしたそうな」

「西郡の方と於万の方もいらっしゃるのに？」

「ああ。於万の方が産んだ於義丸にしても、大事にはしておられぬ。元々情の薄い方なのかもしれぬ」

「そのような……」

「私は違う。そなたを大事にしておろう。誰のこともおろそかにはせぬ」

「は、はい……」

頷きつつも、徳姫は信康の言葉に引っかかっていた。誰のこともということは、築山御前が連れてきた側室たちのことも大事にしているということなのだ。

「なぁ、次は必ず男を産めよ」

信康は侍女たちの目があることなどまったく構わず、徳姫を抱き寄せた。徳姫がわだかまりを感じていることなどまるでわかっていなかった。

この年、産褥《さんじょく》明けまもなくにもかかわらず、徳姫は再び懐妊した。

「なぜ、徳姫ばかりが」

と、築山御前は腹立たしさを信康にぶつけた。

「何を怒ることがあるというのです。次はきっと男が生まれましょう」

信康は子ができることを喜ばぬ母を持て余していた。母に似て良くも悪くも直情的な信康は、人の気持ちに配慮したり、苛立ちを隠したりすることが苦手である。

「徳姫に世継ぎが生まれるというのか」

「何がいけないのです。いい加減にしてください」

本来ならもっと怒りたいところだが、母に対してはかろうじて、声を荒らげることはしなかった。その代わり信康はやれやれとため息をつき、踵を返した。

「信康！」

愛息が相手にしてくれぬことに、築山御前は怒りをあらわにし、呼び止めようとしたが、信康は構いもせず、去っていった。その場にいた侍女たちも顔を見合わせ、ため息をつくばかりであった。

天正五（一五七七）年七月、徳姫は産気づいた。二度目のお産ということもあり、安産であった。

城内に産声《うぶごえ》が響き渡ると、信康は一目散に母子の寝所へと駆け付けた。途中、家来たちがみな「なんと元気そうなお声で」「若君でございましょうな」おめでとうございます」などと声をかけてきて、その度、信康を喜ばせた。

「無事か！　でかした」

そう言いながら徳姫の寝所に入ってきた信康に、鶴《つる》という侍女が「愛らしい姫にございます」と声をかけた。徳姫は鶴に手伝ってもらいながら身体を起こして、信康を出迎えた。

「姫……」

みるみる、信康の顔色が変わった。

「なぜだ！」

急に怒りが込み上げたのか、信康は怒鳴り声を上げた。こういうところは母の築山御前の気質を彷彿《ほうふつ》とさせる。

「次は男にせいと言うたであろうが！　この役立たずが！」

「役立たず……この私が役立たずだと仰せですか」

あまりの言われように、徳姫は激しい抗議の声を上げた。

「あぁ。役に立たぬから、役立たずだと言うた。何が悪い！」

「ええ、悪うございます。姫が産まれたは私一人の責にはあらず！」

「何だと！」

信康はあろうことか、徳姫に手を上げようとした。鶴は身を挺《てい》してそれを守ろうとして、足蹴《あしげ》にされ、庭に転げ落ちた。

「何をなさいます！」

徳姫はきっと信康を睨みつけた。

「あの気性の荒い父ですら、女子供に狼藉《ろうぜき》を働いたことはありませぬ」

信長の血を引く姫だけあって、泣き寝入りは性に合わない。

「何ぃ」

「情けのう存じます！」

「そなたの咎《とが》めは受けぬわ！」

信康はそう吐き捨て、部屋を出て行ったのであった。

このとき乱暴された鶴は打ち所が悪く、亡くなってしまった。当然、徳姫の嘆きは深かった。鶴は織田家にいた頃から長年仕えてくれた侍女だったからだ。

このことを知った信康の家臣たちはみな青ざめた。なんといっても徳姫はあの織田信長の娘だ。怒らせてどうするというのだ。

ただ、この事態に、築山御前だけはほくそ笑んでいた。織田の血を引く徳姫が後継ぎを産めずにいることも、信康の怒りを買ったことも、築山御前にとっては何よりも嬉しいことだったのである。

信康の乱暴狼藉ぶりはこれだけに留まらなかった。信康は愛情深いがゆえに、うまくいかなくなったときの収め方が自分でもよくわからないところがあった。

徳姫さえ口答えせず謝っていれば、あんなことにはならなかったのだ――。

確かに侍女が死んでしまったことはよくなかったとは思うものの、自分が悪いとは思いたくない信康は、口答えした徳姫への苛立ちを募らせた。

一方の徳姫も自分に落ち度があるとは思っていないので、折れるということをしない。顔を合わせても、にこりともしない。

なぜ、あぁも頑固なのだ。可愛げがない――。

虫の居所が収まらない信康は鷹狩に出かけた。気分が悪いことがあると遠出したくなるのは、父の家康譲りであった。

鹿の親子を見つけた信康は矢を射かけた。あと一歩で追い詰める。と、そのとき、そこに、旅の僧が通りかかった。貧祖な身なりの修行僧のようだった。僧は、わずかばかりの供を連れただけの信康のことを若殿とは思わなかったようだ。僧は鹿と信康との間に立ち、両手を広げ、殺生《せっしょう》を止めようとした。

「なりませぬ。どうぞ、お許しあって」

「どけ！　どかぬか！」

「殺生はいずれ我に返ってくるもの。どうかお慈悲を持って」

僧は丁寧に諭そうとしたが、信康は弓の弦《つる》に矢をつがえると、僧の胸元に向けた。

「もう一度だけ言う。そこをどけ！」

だが、僧はどかない。信康が矢を振り絞った。

「殿、なりませぬ！」

慌てた近習たちは信康を止めようとした。だが、一瞬早く、信康の矢は僧の胸を射抜いてしまったのだった。


悪事千里を走る――人は喜び事よりも他人の悪評や不幸な出来事に、より高い関心を抱く。信康が起こしたこれらの怖ろしい出来事は、家臣たちが口止めをしたにも関わらず、驚くような速さで領内に広がっていった。

「岡崎の若殿が、旅の僧を殺めたそうな」「まぁ、何と罰当たりなこと」

「あら、待って。私が聞いたのは殺めたのは徳姫さま付きの侍女だと」

「ひぇ、怖ろしい」「怒らせると手がつけられぬそうな」「誰に似たのやら……」

瑠璃は城内で下女たちが、ひそひそと噂話をしているのを目にしてしまった。

半蔵さまに知らせて事の真偽を確かめ、本当のことなら殿さまのお耳に入れた方がよいかも――一瞬、そう考えたものの、瑠璃はそれを躊躇った。自分が動いたことで何か怖ろしいことが始まってしまうようなそんな気がしてならなかった。

「……そのようなこと、言いふらしてはなりません」

このとき、瑠璃は下女たちにそう注意するのが精いっぱいだったのである。

五

徳姫が次女国姫を産んだ翌年の天正六（一五七八）年、織田信長は完成間近の安土《あづち》城にいた。

琵琶湖《びわこ》の東岸の安土山にそびえたつこの城は、三の丸、二の丸、本丸、天主と大きく四つの建物があり、中でも信長の居室となる天主は地下一階地上六階五層七重の構造で、五階は八角形、外壁各層が朱色、青色、白色、そして最上層は金色に塗り分けられ、内部には狩野永徳《かのうえいとく》の絵で飾られた部屋や、金碧極彩色《きんぺきごくさい》に仕上げた部屋などがあるという、度肝《どぎも》を抜く絢爛豪華《けんらんごうか》な造りであった。

「まぁ、なんとも見事なものでございますなぁ」

と、天主から眼下に広がる琵琶湖を眺めながら歓声を上げたのは、羽柴秀吉《はしばひでよし》である。

「で、あろう。儂はここから天下平定をなす。完成したのちには帝にも行幸いただき、ここからの景色、ご覧にいれようと考えている」

信長の機嫌は悪くはない。しかし、いつなんどき、怒鳴り声が始まるかわからず、秀吉は多少緊張した面持ちで、信長の顔色を窺っていた。

と、そこへ、若い美形の近習が塗りの文箱を持ってやってきた。近頃お気に入りの蘭丸《らんまる》とかいう小姓だと気づいて、秀吉はにやけた笑いを堪えるのに苦労した。武士の嗜《たしな》みだと言われ、衆道を勧められたこともあったが、女好きの秀吉は、それがいかに美形だとはいえ、男を可愛がる趣味はなかった。

「……徳姫さまからの文にございます」

徳姫ときいて、信長の顔が綻んだ。信長にとって徳姫は、愛妾吉乃《あいしょうきつの》が産んだ娘ということもあり、とりわけ可愛がっている姫なのである。

「おぉ、久しく文が来ぬと思うていたが、何であろう。近う」

蘭丸は文箱から文を取り出し、信長にうやうやしく手渡した。

「姫君さまに於かれましては、ご壮健でありましょうか。お二人の御子もさぞや愛らしい姫にお育ちでしょうなぁ」

と、秀吉はここぞとばかりにご機嫌取りをした。

「うむ。元気は元気であろうが……なんだ、これは」

徳姫からの文を開いた信長は、少し読んだだけで苦笑を浮かべた。

『一筆参らせ候。父上さまにはご健勝のこととお喜び申し上げます。しかしながら、このところ、徳には辛いことばかり……』

「……何かございましたので？」

恐る恐る問いかけた秀吉に、信長はわざと渋い顔を作り、大げさに頷いた。

「ハハハ、愚痴《ぐち》じゃ、愚痴。築山御前は相も変わらず織田嫌いだとある」

「まぁ、あの奥方さまはきつぅございますからなぁ。徳川さまも持て余されておられましょう」

「で、あるな。……うむ？……」

愛娘《まなむすめ》からの手紙を苦笑いしながら、読み進んでいった信長だったが、次第に真顔になっていった。その顔色を秀吉は注意深く窺っていた。

読み終えた信長は、ひと呼吸おいてから、秀吉を見て、にやりと笑った。

「確か、お前の素破《すっぱ》（忍び）は、例の大賀弥四郎の謀反には築山御前が関わっているはずだと言うておったな」

「はい。ですが、あれ以降、徳川さまは何ら、お咎めなされぬご様子にて」

「……甘いのよ」

信長は、フンと鼻先で笑って冷たく言ってのけた。

「ま、そこが徳川さまの徳川さまたる所以《ゆえん》でございましょうな」

と、秀吉は合わせた。

「のう、猿、天下平定を為《な》すに大事なことはなんだと思う」

「はて……それは」

迂闊《うかつ》なことは言えない。さて、なんと答えようか、秀吉は頭に手をやった。

「己の力を信じること。己より大きくなるものは先に潰しておくこと。特に大事なことは、邪魔になるものはさっさと切ることよ」

「さ、さようで……」

秀吉は身を小さくして頷いた。やはりお館さまのお考えは怖い――。

「……徳川にもここらで一つわからせてやらねばな」

ぽつりと信長が呟いた。盟友としてもっとも信頼しているはずの家康に何をしようというのか、秀吉は信長の考えを読めずにいた。

「徳川には他にも腐った木があるようだ」

「はい？　他にも……あぁ、築山御前の他にもということでございますな。と、おっしゃいますと……」

秀吉は忙しく、頭の中を整理した。

「……まさか若殿？」

「どうしようもない婿《むこ》じゃ。儂ですら、むやみに罪のない者は殺さぬ。そうであろう？」

「え？　あ、は、はい」

人質に死を命じたり、裏切った者の一族郎党を惨殺したりと、無慈悲に人を殺しているようにしか見えないが、信長の中には殺す相手は罪を犯している者だけという線引があるようだ。その罪というのも信長の気分次第で基準が変わるのだろうが……。

秀吉は内心あきれつつも、如才《じよさい》なく相槌《あいづち》を打ってみせた。

「……さようでございますな。お館さまは無駄な殺生はなさいません」

「うむ。であろう」

信長は秀吉の答えに満足そうな笑みを浮かべた。

「これは面白いことになりそうじゃ」

信長は新しい玩具を見つけた童のように、徳姫からの文を手に取っている。面白がっているようにも見えるが、その目は笑っていない。

こういうときの信長は怖い。秀吉はごくりと唾を呑み込み、これ以上、よけいなことを言わないように、ぐっと奥歯に力を入れて、口を閉じた。

おそらくあの文の中には、信康の愚行がしたためられているに違いない。夫に腹が立った徳姫は勢いに任せて文を出したのだろう。それがどのような波紋を広げることになるのかなど、考えもせずに。あぁ、怖ろしや怖ろしや――。

「さて、どのように使おうかのぉ」

信長が悪戯《いたずら》を企む童《わっぱ》のような顔をしている横で、秀吉は肩をすくめ縮こまっていた。


天正七（一五七九）年、三十八歳になった家康に三男が誕生した。産んだのは前年に側室になった於愛《おあい》の方である。

於愛の父・戸塚忠春《とつかただはる》は今川義元に仕えていた武将で、家康も人質時代に世話になったことがある人物であった。於愛は以前、家康の家臣に嫁いで一男一女をもうけていたが、その夫が武田との戦で戦死すると、望まれて家康の側室となった。

温和な性格で人あたりがよいところに加え、家康は彼女が既に子を産んでいることが気に入って、側室にした。既に信康、於義丸と二人の男子に恵まれていたが、それだけでは心許ないと感じていたのかもしれない。ともあれ、於愛が産んだ長丸《ちょうまる》は、丸々と太った元気な男の子で、家康によく似ていた。この子がのちの秀忠《ひでただ》である。

信長が急に家康を訪ねてきたのは、長丸が生まれてすぐの頃であった。

わずかばかりの供を連れ、「新しい鉄砲が手に入った。お前と鷹狩がしたくなってな」と言う信長は、姿形は立派になったとはいえ、かつて「たわけ」と呼ばれていた頃と何の変わりもない気楽さである。

付き従う供はいずれも織田家でも指折りの先鋭だが、その中に今では織田家でも指折りの家臣となっている秀吉がいることに気づいて、家康はさらに驚いた。

秀吉は如才ない笑顔を浮かべ、「連れてこられてしまいましたわい」とこれまた、足軽時代のような気楽さで、頭を掻いている。

「どうした。驚くことはあるまい」

信長は鉄砲を手にハハハと声を上げて笑った。

新しい鉄砲を自慢したくて仕方ないという顔だ。確かに、それは信長らしいといえた。

「参りましょう。お供いたします」

多少の疑念を抱きつつも家康は、半蔵を供に、信長の誘いに乗った。

自慢通り、新しい鉄砲の命中率は高く、面白いように的中する。

しばらく鷹狩を楽しんだ後、ひと休みしようということになった。家康は信長の好物である真桑瓜《まくわうり》を用意していた。半蔵が小刀で切り分けようとすると、

「おぉ、これはよい。何よりの馳走じゃ」

信長は嬉しそうに手を伸ばし、大胆に丸かじりを始めた。黄色く熟れた真桑瓜から滴る果汁は、走り回って汗をかいた身には、確かにご馳走である。

「皮は苦うございますぞ」

「構わぬ、構わぬ」

「さようで……まぁ、その苦みが体の熱を取ると申しますが」

と、家康は笑った。

「真桑瓜のヘタは、乾燥させれば生薬となります。下痢や吐き気止めによいのですよ」

「ほう、よくご存じで」

秀吉が感心すると、家康は頷きこう答えた。

「食べ物は身体の元となるもの。野菜はむろんのこと、野に咲く花や草木にもそれぞれに役割があり、調べていくと奥が深く面白いものです」

「……で、あるか」

信長は興味深そうに頷いた。

「のう浜松どの、猿めが困っておってな。相談に乗ってやってくれぬか」

秀吉は信長を窺うように見てから、さも困ったような顔をした。

「それは、私でよければ。はて、何でございましょう」

家康が問いかけると、秀吉はおもむろに口を開いた。

「実は……大切に育てていた木が腐ってきたのでございますよ。先に腐ったところは切り落としたのですが、どうもそれだけでは駄目だったようでして」

「はて、腐るとは何か病か、虫でもつきましたか」

「ええ。それがどうやら、ムカデの毒にやられたようでございます」

「ムカデ？」

怪訝な顔になった家康には構わず、秀吉はさらにこう続けた。

「しかし、その枝先にはようよう育った実もなっておりましてな。それが惜しいことに、実の中にこれまた変な虫が湧いておるようで……なりは立派でもこれまた腐っておるようなのですよ」

家康はハッと息を呑んだ。たとえ話にしているが、武田の伝令役がムカデの旗指物《はたさしもの》を使っていたのはよく知られたことであった。つまり、ムカデの毒にやられているというのは、内通を企てた築山御前のこと。そして、育った実とは信康のことではないのか！

信康がこのところ乱行をしていることは家康の耳にも入っていた。徳姫の侍女を殺したこと、旅の僧を殺めたこと、若気の至りでは済まされないことだということも家康にはわかっていた。一度、きちんと諫《いさ》めなければと考えていた矢先である。

愕然《がくぜん》となった家康を横目に、秀吉はまだ話を続けていた。

「お館さまに相談しますとな。そんな枝など斬って捨てよとおっしゃいます。そんなものを残していては、木の根元もそのうち腐ってくる。一本だけならまだしも、側に立つ木も腐りかねないと」

家康は、少し離れたところで真桑瓜をかじっていた信長に目をやった。信長は食べ終え、種をぷいっと無造作に外へ吐き出すと、果汁で汚れた指を舐めている。

「……さてさて徳川さまなら、どうなさいますか」

「どうと言われても……」

家康は答えに詰まった。半蔵も家康の態度が何かおかしいことに気づいたようで、心配そうな顔をしている。

「やはり、実ごと枝を落としてしまった方がよろしゅうございますかのぉ」

と、秀吉は信長へ伺いを立てるように見た。

「決まっておるわ」

と、信長は応じた。

「そもそも腐った枝についた実だぞ。見てくれがどんなによくても食べられる代物ではない。食べたところで腹を壊してしまうのがおちじゃ。天にも伸びようかという木が、そのようなことで潰れてどうする」

そこまで一気に言ってから、信長は家康を試すように見た。

「泣いて馬謖《ばしょく》を斬る——天下人はそうあらねば。違うか」

家康は唾を呑み込んだ。

「……斬らずば潰れると」

「まぁ、主が決めることではあるがな……」

含みを残した言い方をしてから、信長は気分を変えるように笑顔を浮かべた。

「そういえば、浜松どのには三男が生まれたとか。めでたいことじゃ。猿、羨ましいであろう」

「はい。それはもうぉ。どうすれば子ができますものか。うちのかかには産まれませんし。側室を持つと怒ってばかり。徳川さまのご正室さまはいかがですか」

と、秀吉が尋ねてきた。

「……いかがとは」

「やきもちは焼かれませぬか。それとも今川の出の方はそのような下品なことはなさらぬでしょうかなぁ」

「……まぁ、それは……そのようなことで」

家康はかろうじてそう答えた。秀吉も信長も顔は笑っているが目は笑っていない。長丸が生まれたことを知った築山御前が敵意むき出しで怒り狂ったという話は、岡崎城はむろん、浜松城でも知らぬ者はいない。於万が産んだ於義丸のときもそうだった。築山御前の嫉妬の激しさには、なすすべがなく、「あぁ、またか」と家康はため息をついていたのだ。

大賀弥四郎の謀反のときも、後ろに築山御前がいて甲斐と通じようとしたのは事実だったろう。だが、事を荒立てるよりも触らぬように触れぬようにすることを選んだ。徳姫に対しても築山御前が毛嫌いし、辛く当たっているのはわかっていた。だが、何も言わず見過ごしてきた。そのツケが今来ている――。

それにしても、大事な跡取りを腐った実になぞらえられてはたまったものではない。握った拳が震えるのを家康は必死に抑えた。

信長はそんな家康の思いなどまったく気づかないふりで、再び、真桑瓜に手を伸ばした。

「……お止《よ》しを……どんなに体によいものでも、食べ過ぎは毒となります」

家康はそう言うのが精いっぱいだったのである。

信長たちを見送った後、家康は半蔵と石川数正を呼び、信康と築山御前を処断するように求められたと話した。

数正は黙ってじっと聞いていたが、半蔵は身を乗り出し、「斬りましょう」と、言い放った。

「何っ……斬るというのか」

「はい。ご命令あれば信長と秀吉の首、この私が」

「……そっちか」

苦い顔をして、家康は吐息をついた。家康は半蔵が築山御前と信康を斬ろうと言ったと思ってしまったのだ。

「ま、まさか。これはあまりに理不尽なことにございます。どんな理由があるにせよ、なぜ、ご嫡男の始末を命じられなければならぬのです」

半蔵は憤慨していた。そして、たとえ話に気づかなかった自分に腹を立てていた。

「わかっていれば、あの場で仕留めましたのに」

「仕留めたかったのは、この私とて同じだ」

悠々と帰っていく信長をただ見送るしかできなかった自分に、家康はとてつもない不甲斐《ふがい》なさを感じていた。が、その一方で、築山御前を放置していた自業自得だとも考えていた。

「……で、どうなさるおつもりでございますか」

それまでじっと黙って聞いていた数正が口を開いた。

「……殺したくはない」

呻《うめ》くような家康の言葉に、半蔵は当然だと大きく頷いた。

「……しかし……」

と、家康はぐっと唇を噛んだ。

「拒めば、信長さまは大鉈《おおなた》を振るってきましょうな」

と、数正は冷静な声を出した。

「やはりそう思うか」

「はい」と、数正は頷いてから、考えを言ってもよいかと伺いを立てた。

「ああ、そのために来てもらったのだ」

数正は身を正すと、話し始めた。

「もしも……これは仮にでございますが、御前さまを処断したとします。さすればお母上さま思いの信康さまは殿をけっしてお赦《ゆる》しにはなりますまい」

「うむ」

それは家康にもわかっていることだった。下手をすれば徳川は、岡崎と浜松で真っ二つに割れてしまうに違いなかった。数正は頷くと、こう続けた。

「その期に乗じて、武田は攻めて参りましょう」

「あぁ。そして、信康の背後から信長どのが全てを呑み込んでしまう」

「その通りにございます」

「で、あればこそ、信長を先に！」

と、半蔵は声を上げたが、数正は無理だと首を振った。

「信長の首を挙げられたとして、秀吉はどうする。いや、他にも織田の諸将が黙ってはおらぬ。その全ての首、獲《と》れると思うか！」

「そ、それは……」

半蔵がぐっと言葉を呑み込んだのを見て、数正が家康に向き直った。

「残念ながら、今の我が軍勢と織田では真っ当な戦いにはなりませぬ。それに織田とやり合っていれば、武田が喜んで背後を突いてまいりましょう」

数正の言うことは正論であった。半蔵は腹立たしげに、ドンと拳を床に叩きつけた。

家康は目を閉じ、三人の間に、重苦しい時が流れた。

「……逃れるすべはないか」

と、家康は大きく深く息を吐いた。

「……半蔵、頼まれてくれるか」

「と、殿……」

半蔵が茫然となっていると、数正が早口でこう告げた。

「こうすればどうでしょうか。御前さまを処断の後、信康さまには城を出ていただき、しばし身を隠していただくのです。いや、信康さまに出ていただいてから、御前さまを処断する方がよいかもしれませぬ。御出家という形でもよかろうかと」

それを聞いた半蔵がよい考えだと膝を打った。

「なるほど、若殿のお命さえあれば、また還俗ということもできましょうな」

「ああ。ともかく時を稼ぎましょう。徳姫さまに御命乞いをお願いすれば、あちらの気が変わるということもあるかもしれませぬし」

「望みは薄いが、やってやれぬことはないかもしれぬな」

と、家康も頷いた。

ほんの少し希望の光が見えた思いがして、家康も半蔵も数正も少し顔が和らいだ。

「……とはいえ」と、数正が真顔に戻った。

「御前さまのお命は頂戴しなければなりませぬ」

「……」

重苦しい沈黙の後、家康の視線が半蔵に注がれ、半蔵は無言で頷いたのであった。

家康は信康のいる岡崎城へと向かうと、不行跡を理由に大浜城での謹慎を命じた。

「何ゆえにございますか」

信康は家康に理由を尋ねた。

「わからぬとは言わせぬ。お前がやったことは舅《しゅうと》どのの耳にも届いているのだ」

「舅……父上は信長どのが怖くて私をお叱りに？」

「そうではない！　他国にまで悪評が轟《とどろ》いておるということだ。なぜ罪のない者を殺した。上に立つ者として問題があると言っているのがなぜわからぬ」

「信長とて、僧を殺しましたぞ。それも千人ではきかぬ。私の比ではございませぬ」

信康は抗弁した。だが、その態度がさらに家康に子育てを間違えてしまったという思いを抱かせた。

「では侍女のことはどうだ」

「そ、それは」

「よいか、罪なき者に手を上げるは愚か者のすること。殺してよい者などこの世にはいない。それがわからぬのなら、わかるまで身を慎んでおれ」

信康は翌日には大浜城へ移された。大浜はその名の通り、海に面していて、いざとなれば船で他国へ逃げることもできる場所だった。

不出来な子であっても生きていてほしい――家康には信康に逃げてほしいという思いがあったのだが、親の心子知らず、信康は城から一歩も出ず、言い渡された通り、おとなしく謹慎して過ごしていた。

六

「殿さまのご様子が何やらおかしいのです」

瑠璃が家康の側室・於愛からそう相談されたのは、家康が岡崎城から戻ってまもなくのことであった。

「おかしいとはどのように？」

「寝ていても歯ぎしりをよくなさいます。許せと叫ばれたことも。あのような寝言、初めて聞きます。それに……長丸を可愛がってくださるのは嬉しいことですが、お前はよき子になるのだぞと妙にしんみりと……。どうお世話してよいものかわからず」

於愛は困惑しきっていた。瑠璃も確かにそんな家康は見たことがない。

「おそらくは、若殿さまのご失態を厳しくお叱りになったせいでございましょう」

「やはり……。そうだとしたら、殿さまがこれほどのご様子なのだから、築山御前さまはさぞかしお辛いことでしょうね」

と、於愛は眉を寄せ、ため息をついた。於万もそうだが、於愛もとても心優しい。二人とも築山御前のような華やかな美人ではないが、家康がそういう心根の女を選んで側室にしていることに、瑠璃は好ましいものを感じていた。

「どうかお気になさらず。それよりもお方さまのお身体が心配でございます」

と、瑠璃は産後の於愛を気遣った。

「殿さまには気の休まるものをご用意いたしますゆえ、どうぞご安心を」

瑠璃がそう言うと、於愛も少し落ち着いたようだった。

於愛が去った後、瑠璃はすぐさま半蔵に会おうとした。思えば、ここしばらく、半蔵の様子もおかしかった。瑠璃を避け、顔を合わせたとしても口数が少ない。半蔵には縁談があると伝え聞いていた。そのためかと考えていたのだが……。

他に理由があったのではないのか。それも何か怖ろしい理由が――。

胸騒ぎがしてならなかった。しかし、浜松には半蔵の姿はなく、瑠璃は会うことができないままであった。


信康の謹慎処分は、岡崎城に残された築山御前に大きな衝撃を与えていた。

「そなたが信長に告げ口したのであろう！」

怒りに任せて、徳姫を打擲《ちょうちゃく》しようとした築山御前もまた、家康から謹慎を命じられ城から出されることになった。

「どこへ連れていくというのじゃ」

築山御前に問われて、使者に来ていた半蔵は「二俣城に」と告げた。

二俣城は、岡崎からは浜名湖も家康のいる浜松城も通り過ぎ、天竜川を北上し、その東岸にある城である。

「信康さまも今はそちらに移られております」

「そうか……ならばよい。参ろう」

築山御前はすんなりと用意された輿に乗り込んだ。愛息のいない城には未練などない。どこへなりと連れていけと言わんばかりであった。

半蔵は、築山御前の輿を家臣の岡本と野中の二人に託すと、徳姫の元へ向かった。信長への嘆願状を書いてもらい、安土へ届けるという重要な役目があった。

「やはり父上が……父上が、殿を廃せとお命じになったのに間違いはないのか」

徳姫は自分の文がその原因となったのではないかと自責の念に駆られていた。まさか、自分の愚痴がこんな事態を引き起こすなど思ってもみなかったのである。

「すぐにでも書きまする。父上のお怒りが解ければよいが……」

さっそく、筆を執った徳姫だったが、ふっと手を止め、半蔵を見た。

「……殿は私をお赦《ゆる》しになるまいな」

「さぁ、それはどうでしょうか」

「殿がお赦しくだされても、お義母上はけっしてお赦しにはなるまい」

徳姫はぎゅっと唇を噛んだ。またひどく虐められることを案じているのだと思った半蔵は、神妙な顔でこう答えた。

「……御前さまは……御前さまは二度と岡崎にはお戻りになりませぬ」

築山御前を乗せた輿は一路東へと進み、広々とした浜名湖を過ぎ、その東にある佐《さ》鳴《なる》湖のほとりまで来ていた。葦《よし》が生い茂る寂しい場所で、輿は止まった。

「もう着いたのか」

輿の中から、築山御前が問いかけた。

「ここでお降りを」

と、護送にあたっていた野中が答えた。

御簾《みす》が上がり、外を見た築山御前は怪訝な顔になった。

「どこじゃ、ここは」

「浜松の佐鳴湖にございます」

「休むのであれば、もっと他に場所があるであろう。浜松のお城も近いのでは？」

と、付き従っていた侍女頭の伊奈が尋ねた。

「よい。降りよう」

家康はもう自分を迎え入れるつもりはないのだと悟った築山御前は、輿を降りた。

「しかし、ここでは茶の支度もできませぬ」

伊奈は不服を申し立てようとした。が、それを押しのけるようにして、野中と岡本が築山御前の前に進み出た。

「ここにてご自害賜りたく」

と、岡本が、いきなり築山御前の面前に小刀を差し出した。

「な、何を。無礼を申すな」

伊奈が抗議の声を上げたが、岡本も野中もまったく動じない。

「黙っていよ」と、築山御前は伊奈を制してから、「なにゆえじゃ」と問いかけた。

「若殿をお救いするためです」

と、野中が答えた。

「信康を？　なぜ信康を救うために私が自害をする必要がある。ちゃんと申せ」

「お話しすればご自害いただけますか？」

と、岡本が尋ねた。首を信長に差し出し、若殿の命乞いをする――言うのは簡単だが、それで築山御前が納得するとは、岡本も野中も思っていなかった。

どうあっても死んでいただく――二人から感じる殺気に怯えながらも、築山御前は懸命に抵抗を試みた。

「うぬら、私を何だと心得る。仮にも主人の正室ではないか……この瀬名はな、海道一の、海道一の太守、今川義元公の姪なるぞ！」

野中と岡本は顔を見合わせ、頷き合い、ため息を漏らした。

「……それがいけないのでございますよ」

と、野中は言うや否や「御免」と抜刀した。

きらりと白刃が光り、次の刹那には、築山御前の首は胴から離れていた。

「ぎゃ〜」と悲鳴を上げて逃げようとした伊奈の背には、岡本の一刀が浴びせられた。

天正七（一五七九）年八月二十九日の出来事であった。


築山御前の死は、すぐに徳川家中の者みなが知るところになった。傲慢《ごうまん》で敵が多い築山御前ではあったが、誰もがその死を悼《いた》んだ。と、同時に家康の胸中に思いをはせた。苦しい選択だったに違いないと慮《おもんぱか》る者もいれば、表だって言うわけではないが、信長の指示のまま身内を処断したことへの反発を感じる者もいた。

瑠璃は、家康が悪夢にうなされるほど苦悩したことを知りつつも、やはりなぜ殺さなくてはいけなかったのかと、思わずにはいられなかった。それと共に、幽閉《ゆうへい》の身となった信康のことが案じられた。

瑠璃にとって信康は、生まれたばかりの赤子の頃から知っている大切な若君なのだ。

「半蔵さま！」

浜松城内で、半蔵の姿を見かけた瑠璃は、駆け寄った。

「……瑠璃か、久しいな」

半蔵は立ち止まってくれたが、やはり笑顔はなく、どこか疲れた表情をしていた。

それに、瑠璃をまともに見ようとせず、目を逸らし、今は何も訊いてほしくないという心が垣間《かいまみ》見えた。

「またどこかに行かれるのですか」

「ん……まぁな。急ぎゆえこれにて」

そそくさと行こうとする半蔵を瑠璃は強引に引き留めた。

「一つだけ、お教えください。若殿は、信康さまはご無事でいらっしゃいますか」

信康の名が出た途端、半蔵の頬がピクリと動いた。半蔵は瑠璃から目を逸らした。

「……なぜそのようなことを訊く」

「なぜ、お教えくださいませぬ」

どうか、若殿は元気だと言ってほしい——瑠璃はひたと半蔵を見つめた。

けれど、半蔵はぐっと唇を結び、おし黙ったままだった。

「お教えくださらないのであれば、殿さまにお伺いいたします」

踵を返した瑠璃の肩を半蔵が摑んだ。

「……やめろ、殿を困らせてはならぬ」

半蔵は嘆願するような顔で瑠璃を見た。

「なぜです？　なぜお伺いすると、お困りになるのです？」

「それは……。とにかく、頼む。お前まで殿を困らせるな」

それだけ言うと、半蔵は走り去ってしまったのだった。


半蔵が向かったのは、信康のいる二俣城であった。信康を救うための万策は尽きていた。信長は徳姫からの嘆願状には目もくれず、築山御前の首と共に信康の首はいつ届くのかと、家康に訊いてきたのだ。

家康からの命を受け、切腹の沙汰を下しに行く役目を担いながらも、半蔵はなんとか信康を助けたいと考えていた。瑠璃と同じく、半蔵にとっても信康は産まれたときから成長を見守ってきた大切な若君であった。

やすやすと死なせはしない。信康さまさえご承服くだされば、いずこなりとお連れする。それが主命に背くことになっても――半蔵はその覚悟で二俣城に向かっていた。

夜になり、富士見櫓に登った家康は、二俣城のある北東をじっと眺めていた。

半蔵に「切腹させるしかない」と言ったものの、心のどこかでは信康が逃げてくれればという思いが残っていた。半蔵を使者に立たせたのは、その思いが半蔵であれば汲《く》んでくれるのではないかという淡い期待があったからだ。だが、その一方で、半蔵が信康の首を抱いて戻ってきても、受け入れるしかないとわかってもいた。

今の自分はまだ弱い。徳川を守るため、潰さずにいるために、信康を諦めるしかないのだ――きりきりと痛む胃を抑えながら、家康は必死にそう思い込もうとしていた。

しばらく独りで二俣城の方角を見つめてから、家康は櫓を降りた。

櫓にいたときには隠れていた月が雲の間から現れた。禍々《まがまが》しいばかりの赤みがかった満月だ。その月灯《つきあか》りの中に佇む人影に、家康はぎょっとして足を止めた。一瞬、それが築山御前に思えたからだ。

「……迷い出たか」

思わず、刀の鍔《つば》に手をやろうとした家康だったが、「殿さま」という声を聞いて、手の力を抜いた。

「瑠璃か……どうした？　こんなところで」

「お伺いしたいことがございます」

月灯りに照らされた瑠璃の顔は、若かりし頃、ひたと家康を見つめてきた強い眼差しのままだ。臆せず、まっすぐに前だけを見ている。

頼む。嘘はつきたくない。何も訊いてくれるな――。

「信康さまはどうなりますか」

「……」

家康はぐっと唇を噛み、何も答えず目を伏せた。

「……殿さま、どうか、どうか瑠璃の目を見てお答えください。信康さまはご無事でしょうね」

「……言うな」

「殿さま」

「言うなと言うに！」

「どうしてですか！　どうしてそんな……御前さまばかりか、信康さままで、何のために！」

瑠璃の悲痛な訴えを聞きながら、そう叫びたいのは自分の方だと家康は思った。

「今、殿さまがなさろうとしていることは、戦のない世を造るために、本当に必要なことなのですか！」

家康の中で堪えていた何かが切れた。家康は天を仰いだ。目の縁から止めようもなく流れ落ちるものがあった。

「……殿さま」

滂沱《ぼうだ》の涙を流す家康を前に、瑠璃は立ち尽くしていた。

二俣城の信康は静かに目を閉じ、半蔵から切腹の沙汰を受けていた。

「……これがご上意にはございますが、若殿さえ、そのおつもりなら私はいずこなりと」

半蔵は逃げる算段をしてもよいと言いかけたが、信康は静かに首を振った。

「……罪なき者に手を上げるは愚か者のすること。……殺してよい者などこの世にはいない」

「はい？」と、怪訝な顔をした半蔵に、信康は小さく微笑んでみせた。

「父上がそう仰せになったのだ。そう仰せの上で、お決めになったことなのだ」

淡々とした口ぶりで、信康は話した。

「若殿っ……」

「……私が参らねば、母上がお寂しいだろうしな」

信康は、何もかも全てを呑み込んだようにそう呟くと、半蔵に「悪いが介錯《かいしゃく》を頼む」と告げ、見事に腹を掻《か》っ捌《さば》いてみせた。

天正七（一五七九）年九月十五日、信康はまだ二十一歳の若さであった。

七　阿茶局

一

紅葉が見事に山を染める頃、瑠璃は久しぶりに万斛村の鈴木権右衛門の屋敷を訪ねた。永田徳本が来ていると、知らせが入ったからである。

「お元気そうで！」

久しぶりに恩師に会うことができた瑠璃は、喜び満面の笑顔をみせた。

「おお、そなたも息災のようだな」

と、徳本も目を細めた。

「そういえば、半蔵が嫁を貰うたときいたが、そなたはまだよい相手はおらぬのか」

徳本に無邪気に問いかけられ、瑠璃は苦笑しつつ答えた。

「忙しくしておりますので。それどころではございません」

「惜しいのぉ」

「瑠璃さまは薬師として、お城では誰からも慕われておりますのになぁ」

と、権右衛門も口を挟んだ。

「そうか。それはよいが、それにしても惜しい」

「よいのです。そのお話は」

と、瑠璃は笑って徳本の話を終わりにさせた。

徳本の言う通り、半蔵は嫁を貰っていた。服部家を継ぐ身としては当然のことだった。日取りが決まったことを知った瑠璃は半蔵に会い、心から幸せを祈っていると伝えた。

「ああ、そうしようと思っている」

と、半蔵は昔のような屈託のない笑顔をみせてくれた。そして帰ろうとした瑠璃を呼び止め、こう言ったのだ。

「瑠璃も……瑠璃も立派になったたな。お前の幸せを私も祈っているよ」

それを聞いたとき、なぜか取り残されたような気がして、ほんの少し胸が疼《うず》いた。けれど瑠璃は、城中で薬師として頼りにされるようになった自分を誇らしく思うようにもなっていた。

「せんせ……」

まだ四歳か五歳か、幼い男の子が徳本の元へ駆け寄ってきた。

「おぉ、どうした」

と、徳本は、男の子を抱き上げた。

「この子はな、猪之助《いのすけ》という。可愛いであろう」

「はい。……私は瑠璃というの。よろしくね」

瑠璃が微笑みかけると、猪之助は問いかけもしないのに、

「いのすけ、よっつでござる！」

と、小さな指を四本立ててみせた。まだ舌足らずだが、人見知りをしない子である。

「まぁ、賢いこと。そう、四つ」

瑠璃が猪之助の相手をしていると、母親らしき女が裏から慌てた様子で姿を見せた。

「申し訳ございませぬ。これ、猪之助、お邪魔をしてはなりませぬ」

水仕事をしていたようだが、物腰や言葉遣いは武家の女を思わせた。

「須和《すわ》どの、よいのですよ」

と、権右衛門が微笑んだ。

「ちょうどよい。紹介しておこう。須和どのだ。独りで猪之助を育てている」

と、徳本は瑠璃に須和を引き合わせた。須和は夫を亡くしており、猪之助が熱を出した際に、徳本が診たのが出会いらしい。

「先生には大変お世話に。お庄屋さまにもご紹介いただいて」

須和の歳は瑠璃と同じくらいだろうか。色白できめの細かい肌をしている。黒目がちの大きな目と、はきはきとした話しぶりは、聡明さを感じさせた。

須和は、かつて瑠璃が母親と世話になったように、権右衛門の元で厄介になり、読み書きや算盤《そろばん》ができるので、帳簿仕事などを手伝っているのだと話した。

「瑠璃さまと同じで、すぐに台所に立とうとなさる。困ったものだ」

下働きをさせる気はないのにと、権右衛門が苦笑した。

「ただ、美味しいものが好きなのです。料理をしていると気が落ち着きますし」

須和は柔らかな笑みを浮かべた。片えくぼが愛らしい。かといって女々しい感じはなく、凛とした清潔感を感じさせる。瑠璃は須和ともっと話がしたいと思った。

「ではご一緒に。先生に食べていただきたくて、いろいろと持ってきたのです。お手伝いくださいませ」

瑠璃は須和を誘って、台所へ向かった。

須和は手際よく料理をこなしていく。歳も近く、感じていた通り、話も弾む。

瑠璃は嬉しくなり、問わず語りにあれこれと自分のことを話した。

「……では、瑠璃さまはずっとお独りで？」

須和の問いかけに、「ええ」と瑠璃は答えた。

「でも、寂しいと感じたことはございません」

「瑠璃さまはお強いのですね」

「いえ、そんな……。須和さまは、御主人はお亡くなりにと伺いましたが」

「はい。主人も父も母もみな、戦で果てました」

「……それは大変でしたね」

瑠璃が慰《なぐさ》めを言うと、須和は小さくため息をついたが、すぐ諦めたように呟いた。

「ええ。でも、致し方ないことかと」

「そうでしょうか。私はそうは思いません」

「えっ？」

須和は驚いた顔になった。はっきりと物を言う女に初めて会ったのかもしれない。

「致し方ないで済ませてはいけないのです。戦のない世が来るために」

「……」

須和は不思議そうに瑠璃を見た。そんなことは考えたこともないのであろう。

「すみません。ただ、私はそう思っているのです」

瑠璃はそう言って微笑んだ。

数日後、瑠璃と入れ替わるように、家康が万斛村にやってきた。わずかばかりの供を連れての気晴らしの鷹狩であった。

「こちらに徳本先生がご滞在中と、瑠璃にきいたのだが」

出迎えた権右衛門に、家康はそう問いかけた。

「あぁ、それが、先生は昨日お発ちになりまして」

「さようか……」

がっかりした様子の家康に、権右衛門は茶を進ぜたいと、休憩を勧めた。

「そうだな。せっかくだからそうさせてもらおうか」

家康を離れに通すと、権右衛門は、「しばらくお待ちを」と、奥へ下がった。

すると、「これこれ、危ない」と慌てる近習の声が、庭からしてきた。

家康が声の方へ目をやると、小さな男の子が鷹に近づこうとしていた。脚を太い縄で杭に繋いでいるとはいえ、鷹がその気になれば、幼子《おさなご》などひとたまりもない。近習に叱られた男の子はキョトンと立ち尽くしている。

「よい。こちらにおいで」

と、家康は優しく手招きをした。男の子は臆することなく家康の前に進み出た。

「どこの子じゃ？　名は何という？」

「かんお、いのすけ。よっつでござる」

猪之助は瑠璃にしたときのように、小さな指を四本立ててみせた。

「おお、可愛いの。鷹は好きか」

「たか？」

「あの鳥のことじゃ。大きな爪をしておろう」

「はい！　すきじゃ。つよそうでよい！」

「おお、そうか。強そうか。強いぞ、鷹は。それに賢い」

と、家康は猪之助の頭を撫で、膝の上に抱きかかえた。

「あれ、猪之助、こんなところで何を」

奥から戻ってきた権右衛門が、慌てて、駆け寄ってきた。

「申し訳ございませぬ。徳本先生からお預かりした子で……これ、猪之助、お膝から降りなされ」

「おお、そうか。徳本先生の預かりか。よいのだ」

と、家康は猪之助を放そうとしない。猪之助もまたおとなしく抱かれている。

「この子の親は？」

「はい。父はなく母親だけで……じき、茶を用意してこちらに」

その言葉通り、湯飲みを置いた高茶台を掲げ、しずしずと女が現れた。

「猪之助の母の須和にございます」

と、権右衛門が紹介した。

須和は作法通り、丁寧に礼をしてから顔を上げたが、我が子が家康の膝に抱かれているのを見て、やはり慌てた顔になった。

「猪之助、何をしています。早う、こちらへ」

母に叱られて、猪之助は須和の元へ戻った。須和は猪之助をきちんと座らせると、家康に向かって平伏《へいふく》させた。その様子を微笑ましく見ていた家康は、こう話しかけた。

「肝《きも》の据わったよい子じゃな」

「は、はい……恐れ入ります」

「須和とか申したな。どうだ？　この子を城に上げる気はないか。長丸のよき遊び相手になりそうだ。そなたさえよければ小姓にしたいが」

「……そのような勿体《もったい》ないこと」

驚いて顔を上げた須和を、家康はまじまじと見つめた。家康と目が合った須和は慌てて、またひれ伏した。

「顔を上げてくれぬか」

家康に促され、須和はおずおずと顔を上げ、家康を仰ぎ見た。意思の強そうな目をしていると、家康は思った。健康そうな肌艶《はだつや》にも心惹かれるものがある。

「そなたも……そなたも城に参らぬか」

家康は、須和を手元に置きたいと願ったのである。


「あと少し、あと少しだけお守りください」

猪之助を連れて自室に戻った須和は、荷物の奥に忍ばせていた守り仏を取り出し、手を合わせた。家康の申し出を、須和は「ありがたき幸せ」と受け入れた。微笑んだ顔には愛らしい片えくぼが浮かんだが、それは心からの喜びの笑みではなかった。

実は、須和の父は甲斐武田方に仕える武将だった。亡くなった夫も信玄公の異母弟、一条《いちじよう》信龍《のぶたつ》に仕えていた時期がある。今川に組することはあっても徳川は我らが敵――そう教えられてきた。父も兄弟も徳川との戦で亡くなり、母も後を追うように身罷った。夫もまた、徳川方から受けた鉄砲傷が致命傷となり命を落とした。

瑠璃には「致し方ないこと」と答えてみせたが、そんなことは微塵も思ってはいなかった。甲斐から出てきたのも、徳本に頼んで万斛村に身を置いたのも、いつか父や夫たちの仇を討つ機会が巡ってくるのではないかと考えた上でのことだった。

そんな須和の心の内を知らない権右衛門は、「なんと運のよいこと」と喜んだ。

確かに運はよい。こんなにも早くその機会が訪れるとは――。

「ははさま?」

何をしているのかというように、猪之助が須和を見上げた。

「仏さまにお願いしているのですよ。ととさまにお会いできますようにと」

須和が言うと、猪之助も守り仏に向かって小さな手を合わせた。幼い猪之助の行く末を思うと、須和の胸は張り裂けそうになる。仇を無事討てたとしても、母子には死しかない。弱気になる自分を鼓舞するように須和は唇をぎゅっと噛み締めていた。

二

あの須和が家康の側室になる――。

家康が万斛村で須和を見染めたと聞いて、瑠璃は複雑な思いにとらわれた。

須和とはあのとき初めて会ったが、よい友になれそうな気がしていた。家康が気に入ったのもわかる気がする。第一、築山御前と信康の一件以来、暗い顔でため息をつくことが増えた家康が、須和を側に置くことで、元気を取り戻すのであれば、それに越したことはない。喜ぶべきことなのだとわかってもいた。

けれど、なぜだろう。こんなにも胸に痛みが走るのは――。

あの満月の夜、家康が人前でけっして見せたことのない涙を見てしまったことが、瑠璃の心をざわつかせていた。

しばらくして浜松城にやってきた須和は、顔色が悪く、どこか思いつめた表情をしていた。めまいや目のかすみもあるようで、舌を見せてもらうと紅《あか》かった。

「月のものはちゃんとありますか？　痛みがひどいとか、遅れたりすることは？」

「痛みはありますが、さほどには」

そう答える須和の手には微《かす》かに震えが見えた。

「足が攣《つ》ったりはしませんか？」

「ええ。でも、すぐに治まります。……どこか悪いのでしょうか、私は」

「いいえ、病がというより、慣れぬ場所でかなり緊張なさっているのでしょう。肝血《かんけつ》を補うお茶をお作りしますので、それでご様子を見てください」

「肝血……」

「はい。肝の血のことでございます。おそらく須和さまは肝血が足りなくなっているのだと思われます。めまいや目のかすみ、足が攣るのもそのためかと」

「瑠璃さまはよくご存じなのですね」

「殿さまやお方さまたちのお身体をお守りするのが私の務め。須和さまにもよい御子を産んでいただけるようにお助けいたしますね」

「……そのようなことは」

須和の顔が少し強張《こわば》った。

「はい?」

「いえ、……で、何を飲めばよいのでしょう」

「そうですね。当帰と芍薬をまずご用意します。当帰は女にとって要の薬と言われるほどに体にはよいものです。芍薬はめまいや足が攣るのを抑えます。それから……」

と、瑠璃は集めている薬草箱に目をやった。

「……お任せいたします。よろしくお願いいたします」

「後でお部屋にお持ちいたしますね」

須和は頷くと、小さく会釈をして部屋を出て行った。やはりどう見ても元気がない。気を補うものも入れなくてはと、瑠璃は素早く頭を巡らせた。

家康と須和の初褥《はつしとね》の夜が来た。

いつものように瑠璃は、須和のために心を込めて茶を煎じた。

須和は猪之助の寝顔をじっと見ていたが、瑠璃が茶を持参すると、ゆっくりと飲み干した。それから、瑠璃に向かって深々と頭を下げた。

「……お世話になりました」

妙に丁寧なのが気になった。

「たいしたことはしておりませんよ」

「……一つだけお願いしてもよろしいでしょうか」

と、須和は瑠璃を見た。

「何なりと」

「猪之助のこと……あ、いえ、猪之助が起きましたら、ぐずるかもしれぬので」

須和には年若い侍女が一人ついていたが、それだけでは心許ないのだろう。

「では、私がここで見ております。それでよろしいですか」

瑠璃が猪之助の守りを引き受けると、須和はほっとしたのか、笑みを浮かべた。

「……では、行ってまいります」

名残惜しそうに、もう一度猪之助を見てから、須和は席を立ち、老女に連れられて出て行った。

それから、四半時（約三十分）も経たぬ時であった。「須和さまはこちらか」と声がして、半蔵が部屋に入ってきた。

「瑠璃……なぜお前がここに？」

「半蔵さまこそ、いかがなされたのです？」

瑠璃の問いには答えず、半蔵は須和の行き先を問うた。

「……先ほど、殿さまのお部屋に。今日はあちらに」

「そうか……今日だったか」

半蔵は焦った顔つきになった。

「大きな声を出されては、この子が起きます。どうか、外へ」

瑠璃は猪之助を侍女に頼むと、半蔵を廊下にいざなった。

「……いったい、どうされたというのです」

「須和さまに何か変わった様子はなかったか」

「変わったと言われても……」

「あったのか、なかったのか」

「あったといえばありました。けれど、それは初めての殿さまとの……」

褥を共にする夜なのだからと、言いかけて、瑠璃は、半蔵に問い直した。

「何があったのです。お教えください。半蔵さま」

「……」

半蔵は辺りに目をやり、誰もいないのを確認してもまだ少し逡巡《しゅんじゅん》していたが、意を決したように、瑠璃の耳元に顔を近づけた。

「須和さまの身元を調べていた。殿さまは徳本先生の口利きだから怪しい女ではあるまいと仰せだったが、どうも気になってな」

「それで？」

「……須和さまの父は武田の家臣だった。死んだという夫は、元々は今川にいたが、後で信玄の異母弟・一条信龍に組していた。信龍は武田でも指折りの武将。今は駿府城代だ。夫が死んだというのが本当だったとしても、匂わぬか」

「えっ……」

瑠璃の脳裏に、つい先ほど、深々と慇懃《いんぎん》なほどに頭を下げた須和の姿が浮かんだ。猪之助を見つめていた眼差しにも、思い詰めたものがあったような気がする。

はっと息を呑むと、瑠璃は家康の寝所に向かって駆けだしていた。

瑠璃と半蔵が家康の寝所に飛び込んだとき、家康は須和の上に馬乗りになり、その手から、何か光るものを取り上げようとしていた。

「殿っ！」

半蔵は素早く刀を抜いた。

「騒ぐな」

家康は止めた。強く摑まれた須和の手の中から、ぽろりと小柄《こづか》が落ちた。

「な、なぜこのようなものを……」

瑠璃は茫然となった。手の中に納まるほど小さな刀だが、切れ味は鋭そうだ。

半蔵は小柄をしまうと、家康に代わって須和を取り押さえた。髪は乱れ息が上がっているにもかかわらず、須和は家康を睨みつけている。

「……なぜ私を狙った」

家康が静かに須和に問いかけた。

「この女は、武田方にございます」

須和の代わりに半蔵が答えた。

「なるほど、誰が命じた？　夫か父か、それとも」

「皆この世にはおらぬ。お前が殺した。母も兄も弟たちも……」

「何……」

「誰に命じられたわけではない。私が、私がお前を殺すと決めた」

須和は悔しそうにそれだけ言うと、思い切ったようにぐっと歯を食いしばった。

「な、なりません！」

舌を噛もうとしたことに気づいて、瑠璃は慌てて、須和の口を開けさせようとした。

半蔵は須和の顎《あご》を押さえ、強引に口を開かせると、素早く猿轡《さるぐつわ》を噛ませた。

「う、ううう……」

「死んでどうなります。御子は、猪之助はどうするのです」

瑠璃が猪之助のことを口にすると、必死に抵抗していた須和の目に涙が浮かんだ。

「……どうされますか。このまま捨て置くわけには参りませんぞ。斬り捨てますか」

自害は止めたものの、死罪にすべきだと半蔵は言った。

「いけません！」

瑠璃が叫んだ。

「お願いです。どうぞ、お助けを」

「しかしな、瑠璃。これは大罪だぞ」

と、半蔵が諫めた。

「わかっております。けれど……けれど、人を殺せば、殿さまはまた一つ、業《ごう》を背負うことになってしまいます」

「……」

家康は黙っていた。

「殿さま！　お願いでございます。罪なき子から母親を奪ってどうなさいます。それとも、猪之助も御成敗なさるおつもりですか！」

瑠璃の必死の叫びに、須和の目から涙がこぼれ落ちた。半蔵もどうしたものかと、家康を見ている。

「人が一人死ねば、それだけに留まりません。失った悲しみが心を蝕《むしば》み、恨みに変えてしまったら、また人が死ぬだけ。とめどなく繰り返され、いずれ国を亡《ほろ》ぼすことにもなりかねません。それでは戦のない世など造れるはずもございません」

「……」

家康は、目を閉じ、ふーっと深く息を吐いた。

「このまま赦すわけにはいかぬ」

「殿さま！」

目を開けた家康は、瑠璃を見た。

「だが、命は助けてもよい」

「殿っ……」

家康は怪訝そうな半蔵に目をやってから、瑠璃に視線を戻した。

「……そなたが、私の望みを叶えてくれるなら、須和の命も子の命も助けよう」

「何でございますか、殿さまがお望みのこととは」

瑠璃には答えず、家康は再び半蔵に目を向けてから、躊躇うように目を伏せた。

「……殿」

半蔵は何か気づいたように、家康を凝視している。

「おっしゃってください。私にできることですか」

家康は意を決したように、今度はしっかりと瑠璃に目を向けた。

「お前にしかできぬ。お前でなければならぬことだ」

「……それは」

「私の心を埋めてくれるのは、お前しかいない……」

家康の強い眼差しが瑠璃を捉えて離さない。

半蔵は須和を立たせると、引き連れてそっと部屋を出て行った。

襖《ふすま》が閉じられ、瑠璃は家康と二人残された。

「瑠璃、頼む。私はお前と共に、戦のない世を造りたいのだ」

瑠璃を見つめる家康の目が潤んでいた。

孤独の中で闘ってきた目だと瑠璃は思った。

「……殿さま」

家康の目をひたと見つめて、瑠璃は頷いたのだった。


瑠璃は家康の側室となり、阿茶局《あちゃのつぼね》と呼ばれることになった。

須和は罪を減じられ、出家した。その子猪之助は瑠璃が養子とし、家康の世継ぎである長丸の小姓として仕えることが許された。

戦のない世を造る――家康と瑠璃の夢は一つになった。が、その道はまだ半ばであった。

◎本作は書き下ろしです。
◎本作はフィクションです。
◎現代的な感覚では不適切と感じられる表現を使用している箇所がありますが、時代背景を尊重し、当時の表現および名称を本文中に用いていることをご了承ください。
◎漢方養生は各人の体質により効能が異なります。危急の場合、持病がおありの方、服薬中の方は、必ずかかりつけ医にご相談くださいますよう、お願いいたします。

鷹井 伶（たかい・れい）

兵庫県出身。2013年より小説を上梓。主な著書に『おとめ長屋〜女やもめに花が咲く』、『お江戸やすらぎ飯』シリーズ（角川文庫）、『天下小僧壱之助　五宝争奪』（ハヤカワ時代ミステリ文庫）、『番付屋小平太』（徳間時代小説文庫）、『雪の殿様』（白泉社招き猫文庫）など。本作は、漢方養生指導士・漢茶マスターの資格を活かして執筆したものである。趣味は料理、演劇鑑賞。

Instagram　ID @lei_takai

家康さまの薬師

潮文庫　た－9

2023年　2月4日　初版発行

著　者　鷹井 伶
発行者　南 晋三
発行所　株式会社潮出版社
〒102-8110
東京都千代田区一番町6　一番町SQUARE
電　話　03-3230-0781（編集）
03-3230-0741（営業）
振替口座　00150-5-61090
印刷・製本　精文堂印刷株式会社
デザイン　多田和博

ISBN978-4-267-02380-4 C0193